포레스트 웨일 공동 작가

짝사랑이
피던 봄

김유신 | 남가연 | 꿈꾸는 쟁이 | 기유 | soo.says | 뽀송드림 | 김유진
인영 | 이보하 | 김희영 | 류광현 | 이언(利言) | 최정미 | 담 | 김혜지
동해안참치 | 이은지 | 하월(夏月) | 홍백 | 최윤형 | 오로시월(Oroxiweol)
이연화 | 김수정 | 새벽 | 정지민 | 세아 | 민(MIN) | 강대진 | 유성훈
박성희 | 정옥순 | 최이서 | 몽월 박창수 | 영지현 | 최혜련 | 달유하
숨이톡 | 중딩시인 (@po_e.mt) | 안세진 | 조서윤 | 예빈 | 서하
고태호 | 이신 | 조현민 | 오도윤 | 너란별 | 김도현 | 도하라 | 남화정
주변인 | 정재원 | 권미자 | 하형정 | 유재은 | 이주원 | 히싱 | 불족발 | 세인
키위 | 김대진 | 이다솔 | 또끼 | 담별 | 재화 | H☆ | 쪼이 | 아낌 | 이끼
권우석 | 예니 | 슬(瑟) | 율무차 | 글 쓰는 막대과자 | 이연정 | 김필강
ミツヨシ | 최지선 | 채은 | 필 | 시야 | 수수정 | 문정빈 | 주야 | 최재훈
백동안 | 서지우 | 글쓰는 몽상가 LEE | 손아정 | 동냥 | 이예린 | 김태희

FOREST
WHALE

차례

포레스트 웨일

공동 작가

봄

봄의 첫 문장

첫 번째는 바람의 결이 바뀌는 것이었고
두 번째는 흙 안색이 발갛게 달아오르는 일이었습니다

어느새 세 번째
당신의 발걸음 닿는 곳마다
노란 민들레가 잉크처럼 번져 나갑니다

겨울 내내 무거웠던 외투를 벗듯
나무들은 허물을 벗고 연한 살을 내밉니다
햇살은 그 여린 어깨를 다독이며
금빛 실로 수놓은 옷 한 벌을 지어 올립니다

그저 바라보는 것만으로도
가슴 한쪽이 뻐근해지는 이 계절은
신이 세상에 보낸 가장 짧고도 긴 편지
서두르지 않아도 좋습니다

이미 당신의 그림자 끝에는

나비 한 마리가 봄의 첫 문장을 적고 있으니까요

머물다 가는 눈빛처럼

그대 가슴 속에 여태 지우지 못한
마지막 눈 한 조각 남아 있나요

겨울의 끝은 언제나 미련이 길어서
우리는 외투 깃을 세우고 오래도록 서성였지요

그러나 보이지 않는 바람의 손가락이
공기 중의 모난 모서리들을 하나씩 매만지면
강물은 비로소 제 안의 흐느낌을 멈추고
윤슬을 빚어 하늘로 반사해 올립니다

봄은 그렇게, 조용한 고백처럼 찾아옵니다.

담벼락 아래 햇볕이 잠시 졸다 간 자리마다
연한 초록의 숨결이 지면을 밀어 올리고
이름 없는 들꽃들은
세상의 온도를 가늠하며 눈을 뜹니다

살랑이는 공기 속에는
누군가 잊고 간 그리움의 냄새가 섞여 있어
길을 걷다 문득 멈춰 서서
먼 하늘을 바라보게 되는 그런 날들이 이어집니다

꽃잎은 서두르지 않고 피어나
자신이 가진 가장 고운 색을 세상에 바치고
바람은 그 향기를 시샘하지 않고
멀리 있는 당신의 창가까지 배달해 주지요

이 계절엔 누구나 시인이 되고
어제의 상처는 갓 피어난 잎새의 눈부심에 가려
조금씩 투명해지는 마법을 경험합니다

서두르지 마세요.
봄은 당신의 보폭에 맞춰 천천히 걷고 있으니
그저 마음의 창을 열고
이 따스한 문장들이 당신 곁에 머물게 하세요

비로소 당신이라는 계절이
꽃으로 피어날 때까지

짝사랑이 피던 봄

봄

봄

개화가 시작되는 계절이

다가왔다

봄이 왔다는 걸 알리듯

꽃이 피기 시작하고

나의 사랑도 피기 시작하였다

나의 사랑이 지지 않고

이 봄이 난 늘 반짝이며

빛나길 바란다

오월의 어느 봄날

오랜 기다림 끝에
오월의 어느 봄날
너를 다시 만났다.

너를 바라보며 수줍어하는 나를 엷은 미소로 반기던
너를 바라보는 것만으로도 나는 설렌다.
내 눈빛만 보고도 내 마음을 안다는 듯이 나를 꼭 안
아주는 그 따뜻한 온기는 내게 위로를 넘어 봄 햇살
처럼 내 마음에 스며들어 깊고 깊은 여운이 되었다.

이 추운 겨울을 지나 다시 다가올 봄을 기다린다.
아니 정확히 말하자면 너를 또다시 만날 오월의 어느
봄날을 애타게 기다리고 기다린다.
다가올 오월의 어느 봄날에 너를 만나 너에게 다시
한번 스며들고 싶다.
다가올 오월의 어느 봄날에는
너의 마음에도 봄 향기처럼 내가 스며들었으면 참 좋겠다.

벗나무에서 내리는 눈

포근하면서도 따뜻한 바람이 불어온다.

불어오는 바람에 의해
벚나무의 벚꽃들이 점점 떨어지기 시작했다.

나는 떨어지는 벚꽃을 향해 손바닥을 내밀었고
벚꽃잎 하나가 내 손바닥 위에 앉았다.

그 순간 나는 문득 예전에
친구와 나눴던 대화가 떠올랐다.

친구와 대화를 나눈 그날도
역시 벚꽃이 떨어지던 날이었다.

"나는 벚꽃이 좋더라.
봄인데도 눈이 내리는 것 같잖아."라는 내 말에
"벚꽃은 벗나무에서 내리는 눈이겠네" 라고 친구는

대답했다.

'역시 네 말이 맞는 거 같네'라고
중얼거린 나는 벚꽃 길을 걸으며 벚나무에서 내리는
눈을 맞았다.

춘통(春通)

친정 동네로 향하는 길, 뒷좌석의 아이가 벌써부터 들떠 묻는다.

"엄마, 오늘도 그네 탈 수 있지?"

나는 망설임 없이 고개를 끄덕인다. 이곳은 아이보다 어르신이 훨씬 더 많이 사는 동네다. 아이들이 줄을 서서 차례를 기다리는 도심의 놀이터와 달리, 이곳의 그네는 늘 주인을 잃은 채 덩그러니 비어 있다. 그 사실을 나는 이미 알고 있다. 아이를 태우고 곧장 집으로 갈 생각이었지만, "딱 한 번만!"을 외치며 빈 그네를 향해 달려가는 아이의 뒷모습을 보는 순간, 나는 결국 놀이터 안으로 발을 들인다.

역시나 이곳은 늘 이상하다. 알록달록한 미끄럼틀은 적막에 싸여 있고, 그 주변의 벤치들은 빈틈없이 북적인다. 그네를 타기 위해 순서를 기다리는 아이들의 줄

대신, 햇볕이 가장 잘 드는 명당을 선점한 어르신들의 실버카가 일렬로 늘어서 있다. 놀이터라기보다는 생의 황혼을 지나는 이들이 모여 마음을 펴는 '노인터(老人攄)'라는 이름이 더 어울리는 풍경이다. 벤치 뒤편 철제 울타리를 따라 개나리가 먼저 터지고 있었다. 가지는 아직 마른 기색이 역력한데, 노란 꽃만 성급하다. 어르신들의 실버카 손잡이에도, 벤치 위 무릎담요에도 노란빛이 어렴풋이 묻어나는 것 같았다. 봄은 늘 이렇게, 사람의 사정과는 상관없이 먼저 도착한다.

구루마도 아니고 의자도 아닌, 정체를 알 수 없는 희한한 물건. 바퀴가 달렸고 앉을 수 있으며 앞에는 장바구니가 붙어 있다. 사람들은 그것을 '실버카'라고 부른다. 어르신들은 실버카를 하나씩 밀고 와, 목련이 아직 다 피지 못한 3월의 햇살이 먼저 내려앉는 자리에 자연스럽게 몸을 둔다. 꽃보다 온도가 먼저 오는 계절이다. 누가 먼저랄 것도 없다. 말을 섞지 않아도 몸은 이미 여러 해의 봄을 지나 햇살과 바람의 자리를 기억하고 있다는 듯하다.

나는 딸아이를 그네에 태운다. 앞에서 뒤로, 다시 앞으로, 천천히 밀어준다.

"엄마, 더 세게!"
"이만하면 됐어."

딸아이는 아쉬운 얼굴을 하지만 나는 더 밀지 않는다. 괜히 세게 밀었다가 집에 가기 싫다고 떼를 쓰며 울까 봐서다. 그네가 오르내릴 때마다 아이의 웃음이 공기 속에 섞였다가 사라진다. 나는 그 웃음을 밀어주며 자연스럽게 벤치 쪽으로 귀를 기울인다. 햇빛 아래 모여 앉은 어르신 셋. 말을 나누는 모양새인데, 듣다 보니 세 분 모두 초면인 듯하다. 자기소개도, 안부도 없다. 그저 말이 먼저다.

"나는 이제 귀가 잘 안 들리요. 그래가 말하는 게 들리긴 하는데 웅얼웅얼 이래 들립더."
"그래가 할매, 몇 살인교?"
"내, 올게 나이로 팔십하나요."
"팔십하나가 뭐가 많노. 나는 팔십아홉인데."
팔십아홉 할머니는 이제 자기 차례라는 듯 무릎을 가볍게 두드린다.
"나는 작년에 무르팍 인공관절 수술했는데… 그래도 이 관절이 삼십 년은 쓴다 카데요."

"아, 그 관절이 삼십 년을 쓴다 캅니까? 참말로 짱짱하네!"

"나는 이제껏 내 몸에 칼 한 번 댄 적이 없어요. 우리 엄마가 낳아준 그대로예요."

이야기는 계속 제자리를 맴돈다. 나는 귀가 잘 안 들리고, 나는 인공관절을 했고, 나는 몸에 칼 한 번 안 댔다고 말한다. 말은 끊임없이 오가지만 대답은 서로에게 닿지 않는다. 던지는 사람만 있고 받는 사람은 없는 대화. 티키는 되는데 타카는 안 되는, 노인터의 봄은 그렇게 시끄럽고도 적막하게 흐르고 있었다.

그러다 별안간, 한 할머니가 무릎을 탁 치며 허공에 말을 던진다.

"아이고, 그래도 올해 봄은 참말로 빨리 오네. 저기 목련 터지는 것 좀 보소."

그 말에 시선이 나무 위로 몰렸다. 목련 너머로 아직 꽃망울만 단 벚나무들이 줄지어 서 있었다. 피지도 않았는데 벌써부터 꽃길이 될 자리를 차지하고 있는 나무들. 봄은 늘 그렇듯 오기도 전에 먼저 자리를 잡는다. 서로의 병명을 나열하던 입술들이 약속이라도 한

짝사랑이 피던 봄

듯 '봄'이라는 단어를 물어 날랐다.

"올해 봄볕이 유독 보드랍긴 하제?"

"내년 봄에도 우리가 이래 앉아 있을 수 있겠나?"

하지만 누구도 그 물음에 대답하지 않았다. 대신 "이번 장에 가가 두릅을 좀 사야겠네", "올해는 쑥이 일찍 올라오겠어" 같은 엉뚱한 확신들만 햇살 속으로 흩어졌다. 대답은 없었지만, 그분들의 눈은 모두 목련 나무 끝자락을 향해 있었다. 마치 내년의 봄을 미리 빌려오기라도 하려는 듯이.

나는 여전히 그네를 밀며 햇살 아래 나란히 놓인 세 대의 실버카를 물끄러미 바라보았다. 할머니들의 대화는 마치 떨어지는 목련 꽃잎 같았다. 서로에게 가닿지 못한 채 바람에 밀려 각자의 발치로 툭툭 떨어지는 조각들.

문득 궁금해졌다. 저분들에게 남은 봄은 몇 번이나 될까. 인공관절이 삼십 년은 간다며 웃던 여든아홉의 할머니도, 수술 한 번 안 한 몸을 훈장처럼 말하던 여든하나의 할머니도, 자신에게 허락된 '다음 봄'의 횟

수를 헤아려 본 적이 있을까. 어쩌면 대답 없는 대화를 쉼 없이 쏟아내는 이유는, 내게 남은 봄이 얼마인지 알 수 없기 때문일지도 모른다. 누군가 내 말을 받아주지 않아도 상관없다. 그저 이 따스한 볕 아래 내가 아직 살아 있음을, 내 목소리가 여전히 공기 속에 퍼지고 있음을 확인하는 것만으로도 충분한 것일지 모른다.

 내가 밀어주는 아이의 그네는 내 손을 떠나 멀어졌다가도 이내 다시 돌아온다. 가면 반드시 돌아오는 저 그네처럼, 우리네 삶도 그러면 얼마나 좋을까. 하지만 아이의 그네는 가면 반드시 오지만, 벤치 위 할머니들의 봄은 어쩌면 다시 오지 않을지도 모른다. 그래서 나는 대답 없는 그들의 대화를 더 이상 '불통(不通)'이라 부르지 않기로 했다. 그것은 다시 오지 않을지도 모를 찬란한 봄볕을 향해, 내가 아직 이곳에 있노라고 온 힘을 다해 내뱉는 생의 마지막 자락, '춘통(春通)'이었으므로. 아이의 웃음소리가 다시 한번 허공을 가른다. 노인터의 봄은 그렇게, 대답 없는 고백들로 가득 차며 깊어 가고 있었다.

"이제 가야 해. 가자."

내가 아이의 손을 잡는 순간, 어르신들도 약속이나 한 듯 하나둘 자리에서 일어났다. 아이를 챙기느라 정작 인사는 나누지 못했지만, 멀어지는 세 대의 실버카 등 뒤로 내리쬐는 봄 햇살이 유독 눈부셨다.

어르신들이 떠난 벤치 위에는 온기만 덩그러니 남았다. 주인을 잃은 듯 보였던 빈 그네에 아이가 앉아 잠시 생기를 불어넣었듯, 방금 전까지 할머니들이 머물던 그 자리에도 이제 곧 다른 계절이, 혹은 또 다른 누군가가 앉아 볕을 쬘 것이다. 나는 멀어지는 굽은 등들을 향해 마음속으로 조용한 안부를 전했다.

할머니들, 부디 건강히 오래오래 사세요. 내년 봄에도, 그다음 봄에도 변함없이 이 볕이 할머니들을 마중 나와 주기를. 가면 반드시 돌아오는 아이의 그네처럼, 저 세 대의 실버카도 내년 이맘때 이곳 놀이터로 꼭 다시 돌아와 주기를. 아이의 손을 잡고 놀이터를 나서는 내 발치로, 목련 한 조각이 툭 떨어졌다. 아이의 웃음소리가 사라진 '노인터'에는 이제 바람과 햇살, 그리고 누군가의 간절한 봄날만이 빈 벤치를 채우고 있었다.

봄비 내리는 식탁

톡톡, 창틀을 두드리는 빗소리가 반가워
바구니 가득 싱싱한 냉이를 씻어냅니다.

흙 묻은 뿌리마다 봄의 기운이 옹골차게 차 있어
물기 톡톡 털어 반죽물에 담그니
집안 가득 향긋한 대지의 숨결이 번집니다.

달궈진 팬 위로 반죽이 닿는 경쾌한 소리
지글거리는 기름 향기 뒤로
쌉싸름하고도 고소한 봄이 노릇하게 익어갑니다.

갓 부쳐낸 냉이 전 한 점 입에 물고
구수하게 우려낸 따뜻한 보리차

혹은 속을 포근히 달래주는
맑은 국 한 그릇 곁들이면,

비 오는 오후의 서늘함도
어느새 기분 좋은 온기가 됩니다.

바깥세상은 촉촉한 빗물로 씻겨 내려가고
내 식탁 위에는 바삭한 봄이 활짝 피어나는 시간.

마음속 눅눅했던 먼지들까지 고소한 향기에 섞여
말끔히 날아가는 참 든든하고 다정한
봄날의 식사입니다.

봄의 변명

오늘은 햇볕이 유난히 다정해서
괜히 네 생각이 났어

바람이 자꾸 날 네 방향으로 부추겨서
말하지 않아도 괜찮은 마음들이
이 계절엔 자꾸 새어 나올 것 같아

아무렇지 않은 척하지만
봄은 자꾸 네 이름 근처에 머물러

계절은 언제나 그렇듯이
비밀을 지켜주는 법이 없잖아

꽃이 활짝 피기 전까지는
봄이 나 대신 써준 문장일 뿐이야

봄이었다

겨울과 여름 중간쯤
체온처럼 반기는 계절이 있다

차갑지도 뜨겁지도 않은
마음의 수평선에서
하루가 천천히 흐른다

햇살은
소리 없이 어깨에 머무르고

연한 빛으로 스쳐 가는 바람
한 줄기가
나를 설레게 한다

그렇게 반기는 날이었다
앉아 바라보니

더 맑은 순간이었다

겨울이 먼저 와
고요히 두드렸던 이름

봄이었다

봄을 생각하는 마음

봄이라고 하면 보통 꽃, 나무, 새싹 등을 생각한다. 나도 봄이 되면 따듯함을 기대하면서 봄에 있을 벚꽃 축제를 보러 가는 데 기대감이 생긴다.

그리고 봄은 사방을 둘러봐도 생명력이 가득한 계절이라고 생각한다.

하지만 봄에 싹을 틔운 생명들을 가만히 보다 보면 문득 그런 생각이 들곤 한다.

긴 겨울의 시간 동안 얼마나 힘들게 싹을 틔우기 위해 노력했을까?

또 그 시간 동안 추위를 이기지 못하고 죽은 씨앗들은 얼마나 아팠을까?

그렇게 생각하다 보면 겨울을 이겨낸 생명들뿐만 아니라 죽은 생명들에 대한 애도의 마음이 들기도 한다.

그러니 봄을 즐기는 시간 동안 겨울을 이겨낸 생명에 대한 경이로운 마음과 겨울을 이기지 못한 생명에

대한 애도의 마음도 함께 가져야 하는 것이 아닐까?

단순히 꽃이 피고 나무가 자라고, 그런 봄을 생각하는 것보다는 조금 더 깊이 있는 생각을 할 수 있는 봄이 되길 바란다.

짝사랑이 피던 봄

느슨해지는 계절

곧 눈이 쏟아져도 이상하지 않을 만큼 바람이 차갑던 1월에 이사를 했다.

넓은 테라스로 나가면 작은 텃밭이 있는 1층 아파트였다.

텃밭에 서 있으면 아파트라는 말이 믿기지 않을 만큼 큰 단독주택 같은 느낌이었다. 아파트 정문으로 들어서면 양옆으로 길게 늘어선 벚꽃나무와 어디까지 자라려는지 큰 키를 자랑하는 야자수가 프라이빗한 느낌을 더했다.

이사를 하고 가구를 새로 들이고 커튼을 달고 방을 꾸미며 행복한 겨울을 보냈고, 만물이 소생하는 계절이 왔다. 겨울 동안 잠들어 있던 자연과 생명이 숨을 트는 계절. '봄'

봄을 맞이한 집은 또 다른 색깔을 만들어 냈다. 아파트 정문부터 길게 늘어선 벚나무의 꽃이 피어 흩날리

고 있었고, 살랑살랑 불어오는 바람은 아파트 구석구석 피어있는 이름 모를 꽃들의 향기를 실어 날랐다.

아침이면 테라스 문을 활짝 열었다. 겨울 동안 닫혀 있던 공기가 한꺼번에 밀려 들어왔다. 텃밭의 흙은 물기를 머금고 있었고, 작은 새싹들은 내가 보지 않는 사이에도 부지런히 고개를 들고 있었다.
나는 커피 한 잔을 들고 그 앞에 서서 한동안 정원이 선사한 봄의 풍경을 감상했다.

겨울에는 집을 꾸미는 일에만 몰두했다. 가구의 배치와 커튼의 색, 수납장의 질서를 맞추는 일이 마치 삶의 질서를 세우는 일처럼 느껴졌다. 모든 것이 제자리에 있어야 안심할 수 있었고, 정돈된 공간이 정돈된 마음이라고 믿고 싶었던 것 같다.
그런데 봄이 오자 그 질서가 조금씩 느슨해졌다. 벚꽃잎은 하늘거리는 바람과 함께 이리저리 흩날렸고, 정원 안쪽으로 들어서는 바람은 세워 두었던 계획들을 아무렇지 않게 흔들어 놓고 있었다. 하지만 이상하게도 그 흔들림 속에서 나는 오히려 편안한 숨이 쉬어졌다.

텃밭 앞에 서서 커피가 식어가는 동안, 나는 많은 생각들을 정리했다.

매년 같은 봄이 오지만 나는 매번 다른 속도로 봄을 맞는다. 겨울을 오래 끌고 오는 해도 있고, 봄이 오기도 전에 먼저 여름을 달리는 해도 있다. 계절은 정해진 순서로 오지만, 사람의 시간은 그렇지 않다. 우리는 각자의 속도로 계절을 건너간다.

그날 아침, 나는 내가 이제야 봄에 도착했다는 것을 알았다. 정돈된 삶의 질서가 아니라 흔들려도 괜찮다는 감각 속에서 비로소 숨이 쉬어진 것이다.

벚꽃잎이 바닥에 흩어지고 계획이 바람에 흔들리는 동안, 나는 처음으로 삶이 살아 있다는 느낌을 받았다.

봄은 자연히 피어나는 계절이 아니라, 사람이 다시 살아가기로 마음먹는 시간인지도 모른다.

봄은 그렇게, 내가 다시 나를 믿어보기로 한 계절이었다.

슬프도록 아름다운 봄의 향기

골목 끝, 꽃잎이 조용히 내려앉는 그 자리에서

문득 너의 얼굴이 떠올랐다

변함없이 투명하게 쏟아지는 햇살은

여전히 나와 함께하지 않고, 빈 바람만 머문다

네가 웃던 그날의 공기마저

이곳 어딘가에 아주 얇게 스며 있다

슬프도록 아름다운 봄의 향기,

너를 닮아서 더 아프게 스며온다

눈을 감으면 손끝에 닿을 듯 가까운데

뒤돌아서는 순간 또 미끄러져 간다

천천히 걷다 멈춘 내 발끝 위에

낡은 기억 하나가 소리 없이 내려앉는다

잊었다 믿었던 네 이름 한 조각이

가슴 어둠 속에서 천천히 퍼져간다

시간은 흘러가는데,
왜 이 계절이면 네가 다시 피어나는 걸까

슬프도록 아름다운 봄의 향기,
다시는 오지 않을 우리 모습이 떠오른다
아무리 아파도, 나는 이 봄을 미워할 수 없다
네 온기가 여전히 남아서, 그거면 충분하다

저 하늘 위에 걸린 노을처럼
사랑은 저물고, 향기만이 오래 머문다.

봄날의 거리, 그리고 남은 향기

바람이 살며시 어깨를 스치면
낯익은 계절의 숨결이 나를 깨운다
햇살은 아무 일 없다는 듯
거리의 조각들을 황금빛으로 펼치고

걸음이 저절로 느려지는 건
이 길 끝에 너의 그림자가 있을까 싶어
쓸데없는 기대 하나 품은 채
나는 오래된 약속처럼 발을 끌고 간다

계절은 조용히, 참 쉽게
우리를 같은 자리로 불러 모은다

봄날의 거리 한복판에서
나는 또 멈춰 서서
흘러간 우리의 시간들을

홀로 걷는다

웃음이 머물던 장면들은
이미 뒤로 접힌 필름인데도
어째서 나는 아직도
그 안에 머무르는지

북적이는 사람들 사이로
익숙한 향기 하나 스치면
나는 모르게 숨을 고르고
혼자서 희미한 미소를 띤다

이미 끝났음을 알면서도
마음은 자꾸 다른 쪽을 향한다

봄날의 거리 위에서
나는 여전히 널 찾아 돌아다닌다
멀어진 마음을 붙잡지도 못한 채
추억이라는 이름만 붙여두고
오늘도 이 자리에서 맴돌다
돌아서면, 네가 비운 자리가 남는다

조금 더 시간이 흐르면
이 길의 표정도 달라질까
낡은 기억의 가장자리가 닳아
빛으로 흩어질까

봄날의 거리에서
이제 널 보내려 한다
아프게도 따스했던 우리의 계절을
사랑이었다 말하며
눈물 대신 조용한 미소로
봄이 가듯 나도 걸음을 옮기리니
너의 이름은 부드러운 바람으로 남아

햇살 속에 흩어진 우리,
그늘 없는 자리엔 향기만이 오래 머문다.

민들레

꽃놀이한다고 다들
높이 뻗은 벚꽃 가지를
올려다보기 바쁘지만

땅 위에 바짝 붙은
민들레에게도 봄은
똑같이 찾아왔다

아이야 길을 지나가다
앙증맞은 노란 꽃을 보면
고개 숙여 활짝 웃어주렴

만춘 (滿春)

봄에 올라오는 것들은
그 계절에 흠뻑 젖고 싶어라

삐죽 내민 싹눈과 꽃눈은
접혀 있는 우산인 줄 알았건만
펼쳐보니 오목한 그릇이었다

따스한 봄 햇살과
촉촉한 봄비를
함빡 담아선

봄으로 무럭무럭 향하는
움푹 파인 함선의 항해

1. 최정미

봄이 마중 나왔다

정자나무 아래
술에 취한 아버지는
파란 하늘만 품고

줄 맞춰 모내기하던 날
광주리 이고 가는 어머니는
초록 들판을 품고 걸었다

운동장을 뛰던 나에게
겨울은 장작 냄새로 남았고
여름은 모깃불 연기로 남았다

빛나는 졸업장
빨간 립스틱
뾰족한 구두
정장을 입고

집으로 향하던 어느 주말

산벚꽃이 흐드러지고
개울가에 복사꽃이 피는 길에서

그때의 하늘과 들판이
나를 알아보고
말없이 다가왔다

그제야
지나온 계절 속
보이지 않던 봄이
나를
마중 나왔다

짝사랑이 피던 봄

벚꽃길 데이트

꽃비가 내리던
햇살 가득한 봄
모두가 쉬는 날

그녀는
하루의 끝에서
국수 그릇을 내려놓고
어둠을 기다린다

미장원 옆을 지나
문화서림을 지나
그녀만의 택시
갤로퍼에 오른다

봄을 맞으러

가로등 사이
수줍은 벚꽃이
늦은 인사를 건네고

운동화에 꽃가루가 묻을 즈음
굳어 있던 어깨는
조용히 풀린다

그날의 피로는
날아가고
그녀는
봄을 안는다

철새는 봄을 사랑했다

봄은 떠올릴수록 가벼워지는 기억

거꾸로 흐른 무게의 가치가 나를 외면하려 든다

계절 철새는 처음으로 이 모든 일이 지겨워졌다

고개를 돌려야 한다면 어느 순간이 가장 좋으려나

모두가 겨울에서 달아날 때

철새는 얼음을 밟아 보고 싶었다 이젠 봄이 아니어도

좋을 것 같았다

우리는 이제 모르는 사이어도 괜찮았다

봄을 떠올리면 부서졌던 조각만이 가득하다

나는 한때 그걸 모조리 주워 보려 애썼지 찢어진 상

처에서 흐르는 피를 닦을 생각조차 않고

이젠 진절머리가 나

철새는 기다란 부리로 얼음에 구멍을 냈다 이 겨울을

날 수 있을 것이다

구멍 난 날개 틈이 메워지기에는 그리 오래 걸리지
않았다

상처가
아문대도

너는 이제 잃어도 괜찮은 기억

철새는 이제 겨울을 나는 법을 안다
봄이 와도

1. 김혜지

봄을 좋아하지만, 반기지 못하는 이유

나는 봄을 좋아한다.

다만 그 좋아함이 늘 설렘으로 이어지지는 않는다. 봄이 왔다고 해서 마음까지 자연스럽게 가벼워지지는 않는다. 사람들은 봄이 오면 기분이 좋아지는 게 당연하다고 말하지만, 나는 그 말 앞에서 종종 잠시 멈춘다. 고개는 끄덕이지만 마음은 그 속도를 따라가지 못한다. 설렘이 없는 건 아니다. 다만 너무 짧다는 걸 알고 있어서, 쉽게 기대하지 않게 된다.

봄은 늘 빠르게 지나간다. 기다렸다는 말을 꺼내기도 전에 도착하고, 이제야 좀 느끼겠다 싶을 즈음에는 이미 끝을 향해 가 있다. 아침 공기가 달라졌다고 느끼는 순간 꽃은 만개해 있고, 마음이 그 장면에 익숙해질 즈음에는 바람이 또 다른 얼굴을 하고 있다. 그래서 나는 봄을 좋아하면서도 늘 한발 늦다. 좋아하는 마음이 채 자라기도 전에, 곧 사라질 시간을 먼저 떠올리게 되기 때문이다.

혹시 이런 적 있지 않은가. 분명 예쁜 계절인데, 괜히 마음이 조심스러워지는 순간. 괜히 기대했다가 더 허전해질 것 같아서, 마음을 미리 낮춰두는 상태. 봄 앞에서 나는 늘 그런 마음이 된다. 설레야 할 이유는 충분한데, 마음은 쉽게 따라오지 않는다.

봄을 떠올리면 가장 먼저 스치는 건 풍경보다 기억이다. 따뜻해진 공기 속에서 나란히 걷던 길, 별일 아닌 이야기로도 괜히 웃음이 나던 저녁, 아무 말 없이도 편안했던 시간들.

그 장면들 한가운데에는 늘 사람이 있었고, 그 사람은 지금 없다. 계절은 다시 돌아왔지만, 그때의 시간은 다시 오지 않는다. 그래서 봄이 오면 나는 계절보다 먼저 기억을 만난다. 설렘보다 그리움이 먼저 고개를 든다.

아마 나만 그런 건 아닐 것이다. 봄이 오면 괜히 오래된 이름 하나가 떠오르는 사람들. 특별한 이유 없이, 계절 하나 때문에 마음이 흔들리는 사람들. 봄은

그런 마음을 조용히 꺼내 보이게 만든다.

봄은 늘 시작을 이야기한다. 새로워질 수 있을 것 같은 분위기, 다시 해볼 수 있을 것 같은 기회. 하지만 모든 시작이 반갑지만은 않다. 어떤 마음은 아직 끝나지 않은 장면을 품고 있고, 어떤 감정은 정리되지 않은 채 남아 있다. 그런 상태로 맞는 봄은 밝기보다는 조금 부담스러운 얼굴을 하고 있다. 햇살이 강해질수록 마음속에 남아 있던 감정도 더 선명해진다.

그래서 나는 봄을 쉽게 반기지 못한다. 좋아하지 않는 게 아니라, 쉽게 들뜨지 못하는 쪽에 가깝다. 마음이 먼저 가벼워지지 않으면 계절의 밝음이 오히려 더 또렷하게 느껴질 때가 있다. 숨겨두었던 감정들이 아무 설명 없이 드러나는 순간, 나는 봄 앞에서 괜히 조용해진다.

사람들은 종종 말한다. "봄인데 기분 좋아야 하는 거 아니야?" 그 말에는 악의가 없다. 대부분은 안부에 가깝다. 하지만 그 말을 들을 때마다 나는 잠시 생각에 잠긴다. 내 마음은 그 질문에 단순하게 답할 수 없는

상태이기 때문이다. 봄을 좋아하지 않는 것도 아니고, 그렇다고 마냥 설레는 것도 아니다. 그 사이 어딘가에 머물러 있는 감정은 한 문장으로 정리되지 않는다.

그래서 나는 봄을 일부러 천천히 맞이한다. 꽃이 피었다는 소식을 일부러 늦게 듣고, 봄노래도 한참 뒤에야 틀어본다. 아직은 춥다며 겨울옷을 조금 더 입고, 계절이 바뀌었다는 사실을 서둘러 받아들이지 않는다. 그러다 봄이 거의 끝나갈 즈음에서야 문득 깨닫는다. 아, 그때가 봄이었구나. 너무 빠르게 다가오는 계절을 그대로 마주하기에는 마음이 따라가지 못했던 거라고.

떠나간 사람에 대한 마음도 비슷하다. 이미 없다는 걸 알면서도, 완전히 지워버리지는 못한 채 마음 한편에 남겨두는 상태. 다시 돌아오리라 기대하지 않으면서도, 흔적까지 없애지는 못하는 마음. 봄은 그런 감정을 자주 건드린다. 계절이 바뀌면 마음도 달라져야 할 것 같은 분위기 속에서, 여전히 같은 자리에 남아 있는 감정이 더 또렷해진다.

예전에는 그런 내가 마음에 들지 않았다. 왜 이렇게 늦을까, 왜 이렇게 계절을 따라가지 못할까. 하지만 시간이 지나면서 알게 되었다. 모든 마음이 같은 속도로 움직이지는 않는다는 걸. 좋아하는 마음에도 저마다 다른 얼굴이 있다는걸. 크게 웃지 않아도, 조용히 바라보는 마음 역시 충분하다는걸.

봄을 반기지 못한다고 해서 봄을 사랑하지 않는 건 아니다. 너무 짧다는 걸 알기에 조심스러워지는 마음도 있다. 금세 지나갈 걸 알기에, 괜히 마음을 크게 흔들지 않으려는 태도도 있다. 그것은 무심함이 아니라, 다치지 않으려는 마음에 더 가깝다.

모두가 설렌다고 말하는 계절 앞에서 아무 감정도 따라오지 않을 때, 나는 스스로에게 말해본다. 지금의 이 상태도 충분히 자연스럽다고. 억지로 계절에 맞는 표정을 지을 필요는 없다고. 봄은 늘 제때 왔다가 제때 떠나고, 나는 내가 감당할 수 있는 만큼만 그 계절을 바라보면 된다고.

봄은 결국 지나간다. 늘 그랬듯이. 그래서 나는 오늘

도 봄을 좋아하면서도, 조금 떨어진 자리에서 그 계절을 바라본다. 붙잡지 않으려 애쓰면서도 완전히 놓지는 못한 채. 떠나간 사람을 마음속에 남겨두듯, 봄 역시 그렇게 남겨둔다. 잠깐이었고, 그래서 더 선명했던 계절로.

봄을 좋아하지 않아도 괜찮다. 짧다는 걸 알면서도 마음이 머뭇거린다면, 그건 이미 충분히 좋아하고 있다는 뜻이니까.

짝사랑이 피던 봄

꽃 피운 나그네

봄에 피던 나그네야,
그대는 어째 봄에 갔나.

나 미워 두고 가신 건 아닌지,
야위어 가시진 않았는지.

겨울 속 온돌 같던 그대
백년해로 약속하였는지 아니 했던가.

차가운 해 아래 누웠으니
몹시 추웠을지 아니 했던가.

가슴앓이한 세월이 너무나 길어
나도 님 곁으로 갈까보다.

봄에 피던 나그네야,
그대는 어째 봄에 갔나.

봄의 일

따사로운 봄날의 햇살처럼

시작을 알리는 노오란 새소리처럼

탄생을 축복하기 위한 개나리처럼

희망이 싹 트는 솜이불처럼

언제든 날 수 있는 다리를 뻗습니다.

함께하는 이들을 그리워하며

기댈 수 있는 이들을 그리워하며

혼자가 아니라는 사실에

조용히 벚꽃을 매만집니다.

봄의 그 사람

봄의 꽃내음이 코에 스쳐 갈 시기가 되면,
어렴풋이 떠오르는 그 사람이

마치 사랑에 깊게 빠져 죽어도 괜찮은 듯
사랑을 속삭이는 소년의 모습을 한
그 사람의 향기가 느껴져서
나는 그 사람의 봄에
입을 맞추고
사랑에
빠졌
다

시한부의 봄

눈사람에게 봄까지 살자고 했다.
겨울에 태어난 너에게 봄을 보자고 했다
앞으로 2개월밖에 남지 않았는데 말이다

그래도 너는 좋다고 했다.
하얀 미소에서 벚꽃의 드레스를 보려는
꿈이 생겼다나 머라나

추워야 피가 멎는다는 희귀병
그래서 상처 나지 않게 조심해야 한다.
내 손끝조차도 너에겐 무리라고 했지

날이 따뜻해질 땐 불안해졌다
너는 눈물을 흘리고 아파하니깐
그렇다고 안아줄 수도 없었다.

링거와 주사를 꽂고 있어도
엄동설한의 찬 바람 불어도
오히려 더 씩씩하고 환하게 웃어주었다.

벚꽃이 피기 전 날에 세상을 떠났다.
그렇게 땅이 좋았나? 조금만 견뎌줬음
나한텐 코랑 팔들을 남기고 떠났다.

하늘에서 벚나무를 보는 것인지
눈물로써 답을 해주었다.

꽃이 피는 날에

녹은 얼음 틈으로 바람이 분다
물에는 봄 내음이 퍼진다

지난 계절에는 얼음 어는 소리가 났다
두꺼운 외투 입고 다리 위에 선 적 있다

봄이 오려나
네가 준 꽃은 모두 시들었는데

봄이 오려나
네가 향기만 남기고 떠나갔는데

그날 물고기는 두껍게 언 얼음 아래서
입만 뻐끔거리고 있었고, 나는 손을 휘휘

떠나보내야 할 것을 멀리

새롭게 다가오는 것을 위해

바람이 분다
외투를 벗는다

꽃 피는 벚나무 아래
제주에는 암향(暗香)이 퍼진다고

61
봄

초록을 달리는 시간

풋풋한 바람은 아오리 사과와 같아
산들바람이 창문을 열고 지나가면
우리는 약속이라도 한 듯 고개를 든다

교과서 귀퉁이에 몰래 적어둔 꿈이
봄 햇살을 받아 반짝이면
운동장 모래 먼지조차 금가루처럼 보였고

하얀 운동화 끈을 단단히 동여매고
이유 없이 힘껏 페달을 밟았던 건
아마도 터질 듯 부풀어 오르던 꽃망울이
우리 마음속에도 있었기 때문이겠지

이마에 송골송골 맺힌 땀방울 식혀주는
저 연두색 바람의 속도를 믿으며

서툴러서 더 눈부시고
아직 떫어서 더 싱그러운 우리의 계절은

짝사랑이 피던 봄

전시장, 그 사람

비 오는 날 전시회장 찾는 걸 좋아하는 사람이었다. 그날도 창밖으로 봄비가 내리고 있었고, 조용히 그는 전시회장으로 숨어들 준비를 했다. 출근 시간을 피해 인적이 드문 버스에 몸을 싣고 차창으로 떨어지는 빗방울들을 바라보며 이어폰을 꽂았다. 강아솔의 '비 오는 소리'가 흘러나왔다. 조용히 가늘게 내린다는 봄비와 제법 어울리는 음악이었다. 버스는 30분가량을 달려 그를 전시장 입구 바로 앞 정류장에 내려주었다. 역시, 그의 예상대로 비가 내리는 오전에 전시장을 찾는 이는 많지 않았다. 드문드문. 3명 정도가 있을까 말까. 익숙한 그의 발걸음은 망설임 없이 매표소를 향해 걸어갔다.

대학교 4학년인 정현은 집 가까운 전시장에서 아르바이트를 했다. 벌써 3년 차인 그녀는 매표소 담당이었고, 눈에 익은 관람객도 몇 있었다. 그와 인사를 나누며 눈을 마주치는 단 3초. 발권한 티켓을 건네줄 때

닿을 듯 말 듯 스치면 희미하게 전해지는 손끝의 온기. 전시장 암막 커튼을 걷으며 들어가는 그의 뒷모습을 바라봤다. 한 전시회를 열면 보통 몇 개월 정도씩 진행이 되는데, 그는 같은 전시회를 벌써 몇 번이나 찾았다. 어떤 날은 한 작품에 오래도록 머무르기도 했고, 무언가를 열심히 메모하기도 했다. 늘 궁금했다. 무슨 일을 하는 사람일까? 같은 전시회를 이토록 여러 번 관람하러 오는 이유는 무얼까? 혹시 전시와 관련된 일을 하는 사람인 걸까? 글을 쓰는 사람 같아 보이기도 하고, 나이가 그리 많아 보이지는 않는데 몇 살일까? 호기심인지 호감인지 아리송한 그를 향한 궁금증은 커져만 갔다.

드디어 정현에게 기회가 온 어느 날. 봄의 중간에서 그날도 비가 내렸다, 젖은 꽃잎들이 정류장 앞 바닥을 나뒹굴며 봄이 끝나가고 있음을 알렸다. 우연히 퇴근 시간이 겹쳐 버스를 기다리고 있는 그 남자를 보게 되었다. 그 역시 정현의 얼굴을 알고 있었기에 가볍게 눈인사를 나눴다.

3초라는 찰나가 담아내지 못했던 그의 이목구비가 눈에 들어왔다. 말을 걸어보고 싶어 머리를 굴렸다. 어떤 말을 해야 무례하지 않고, 그가 당황하지 않을까

고민하며 말을 고르고 있는 사이 거짓말처럼 그가 먼저 입을 뗐다.

"퇴근하시는 길인가 봐요?"

당황한 정현은 어떤 표정을 지었는지 기억이 나지 않았다. 아마도 얼떨떨했으니 분명 그녀의 언니가 평소에 곧잘 말하던 멍청한 표정을 지었을 것이다. 말끝을 흐리며 대답했다.

"네? 아!! 네. 지금 끝나서"

그리고 몇 초의 침묵. 머릿속에서는 그녀를 조종하는 수많은 목소리들이 울려 퍼지기 시작했다. '이 바보야! 먼저 말을 걸었잖아! 이제 네 차례야!! 빨리 뭐라도 물어보라고. 대화를 이어가란 말이야!!!' 혼자서 초조하게 머릿속으로 문장을 만들고 있는데 곧, 그녀가 타야 할 버스가 몇 분 뒤에 온다는 알림이 떴다. 마음이 급해진 정현은 눈을 딱! 감고 용기를 냈다.

"전시 보는 거 좋아하시는 것 같아요..."

그가 고개를 돌려 정현을 쳐다봤다. 동그랗고 선한 눈매, 짙은 갈색과 그 너머로 맑게 빛나는 총명함. '성인 남자의 눈이 이렇게나 맑고 또렷할 수가 있구나.' 생각했다. 정현은 자신의 질문이 무엇이었는지도 잊은 채 넋 놓고 그의 눈동자를 보고 있는데 그가 입을 뗐다.

"아, 전시도 전시횐데, 사실 전시장을 좋아해요. 뭐랄까, 어딘가 고요하게 숨어들기 좋은 장소인 것 같아서. 도시 전체가 회색빛으로 변하고 세상의 볼륨이 조금 줄어든 것 같은 비 오는 날의 전시장은 더 좋고요. 오늘처럼요."

뜻밖의 대답이었다. 단순히 전시회를 정말 좋아하는 사람인가 보다 정도로만 생각했는데, 정현은 한 번도 생각하지 못했던 의외의 이유였다. 의문이 들새도 없이 너무나 자연스럽게 정현의 입에서 질문이 터져 나왔다.

"숨어들어요? 전시장으로?"

그러는 사이 정현이 타야 할 버스는 이미 눈앞에서 사라졌다. 하지만 지금은 이 자리를 뜨고 싶지 않았다. 평소 타인에게 무관심한 정현. 모르는 사람이 궁금해지는 건 처음이었다. 그가 타야 할 버스는 몇 번인지 모르겠지만, 이후로도 2~3대의 버스가 그들 앞을 지나갔다. 그 역시 그녀 옆에 가만히 서 있었고, 질문에 대한 답을 고르는 듯, 잠깐의 침묵이 이어졌다.

"제가 생각이 좀 많은 사람이라서요. 생각하다가 보면 어느 순간 스스로가 하는 많은 상념들로부터 매몰될 때가 있어요. 글을 한참 써봐도 내가 뭐라고 쓰는지 모를 때가 있고. 정말이지 하얀 건 종이, 까만 건 글씨. 뭐 이런 느낌? 그런 순간이 오면 다른 사람들과의 대화도 크게 와닿지 않더라고요. 조용히 바깥세상과 차단되고 싶을 때, 개인적인 소란들로부터 나를 구원해 주고 싶을 때, 그럴 때 전시장을 찾는 거 같아요. 혼자 오면 그저 조용히 작품과 저만 존재하는 기분. 그렇게 있다가 돌아오면 복잡했던 마음도 풀리는 거 같고, 별로 심각한 것도 없는 거 같고. 꽤 편안하더라고요."

조금의 망설임도 없이 질문에 답을 술술 뱉어내는 그를 보며 그동안 얼마나 많은 고민을 하며 자신을 알아가는 중인지 알 수 있을 것도 같았다. 또다시 그가 전시장을 찾는다면 아는 척하지 말고 온전히 그의 쉼을 지켜주고 싶었다. 그날 이후로도 띄엄띄엄 그 남자의 발걸음은 이어졌고, 그때마다 정현과 그는 서로 익숙하게 또 조금은 편안한 눈인사를 건넸다. 전시 기간이 끝나갈 무렵 정현은 전시장을 그만두었고, 다시는 그를 볼 수가 없었다.

봄에서 여름으로 지나가는 길목. 완전한 봄의 끝을 알리는 비가 내렸다. 최근 학업 스트레스와 취업 준비로 머릿속이 복잡했던 정현은 침대에 누워 멍하니 내리는 비를 바라보고 있었다. 자연스럽게 전시장에서 만났던 그 남자가 떠올랐다. 뭐에 홀린 듯 몸을 일으켜 전시장에 도착하기까지 그리 오랜 시간이 걸리지 않았다. 정현도 그처럼 전시장으로 숨어드는 경험을 하고 싶었다. 잔잔한 피아노 선율이 흘러나오고, 포근하게 안아주는 따뜻한 조명이 있는 전시장. 눈길을 끄는 작품 앞에 서서 한참을 머물렀다. 이따금 작품이 말을 걸어오기도 했다. 심란했던 마음이 누그러지는

듯했고, 그가 했던 말들이 떠올라 미소를 지으며 고개를 끄덕였다. 천천히 한 발 한 발을 떼어가며 전시를 다 보고 나오자 어느새 비는 그치고, 맑은 하늘이 머리 위로 펼쳐졌다.

그는 지금, 그토록 많은 생각들로부터 조금은 해방이 되었을까? 왠지 여전히 전시회장을 찾으며 내면의 답을 찾고 있을 것 같다. 만날 수도 없는 그의 모습을 남몰래 그리며 가벼워진 마음과 발걸음으로 즐겨 찾기 해두었던 카페를 향해 씩씩하게 걸어갔다. 오늘 이후로 정현도 왠지 그처럼 자주 전시장을 찾을 것만 같은 기분 좋은 예감을 하며.

정현의 옆으로 익숙한 실루엣이 지나갔다.

비 오는 봄날, 너의 어깨

봄비가 조용히 내리던 날,
우리는 골목 끝에 있는 작은 커피숍에 들어섰다.

유리창에 부딪힌 빗방울들이
서로를 밀치듯 흘러내리고,
그 사이로 흐릿해진 거리 풍경이
마치 오래된 영화의 한 장면 같았다.

바 안쪽에서 갈리는 원두 소리,
따뜻한 조명 아래
은은하게 퍼지는 커피 향.

너는 창가 자리에 앉아
밖을 바라보고 있었고,
나는 아무 말 없이
너의 어깨에 살며시 기대었다.

"비 오는 날엔
이렇게 아무 말도 안 해도 좋다."

너의 낮은 목소리가
커피 위로 내려앉았다.

우리는 말 대신
같은 풍경을 바라보며
같은 온도의 커피를 마셨다.

창밖에서는
봄비가 시간을 천천히 흘려보내고,
너의 어깨 위에서는
하루가 고요히 머물렀다.

한때는
손끝만 스쳐도
심장이 요동치던 사이였는데,
이제는
너의 체온에 기대어

비 오는 오후를
편안히 보내고 있었다.

그날 나는 알았다.
사랑은
더 이상 뛰지 않아도
따뜻할 수 있다는 걸.

봄비가 내리던 그날,
우리는 그렇게
사랑 속에
조용히 앉아 있었다.

짝사랑이 피던 봄

너의 계절은 봄

눈송이 내리는 날 저물면
꽃송이 흩날리는 날이 온다

그 계절이 오면 나는 어김없이
네 이름을 떠올리겠지

쓸데없이 푸른 공기가 맴도는
이 계절이 너는 싫다고 했다

여전히 같은 계절에 머무는 자신에게
따가운 환기를 불어넣는 이 계절이
너는 그리도 싫다고 했다

아직 봄이 네게 닿지 못했을 뿐
매서운 눈보라 그치면
꽃비 내리는 날이 온다

나는 네가 어느 곳에서

어떤 모습을 하고 있을지라도

너의 봄을 응원할 거라고

봄

봄날의 햇살이 당신을 비추면
얼어붙은 마음이 녹아내려
조금은 쉴 수 있으려나

작게 피어난 풀잎이
당신을 향해 손을 흔들면
굳은 얼굴에 웃음이 피어날까

어느 날의 그때처럼
따뜻하고 해맑았을
어린 날의 당신처럼

그럴 수만 있다면
나는 기꺼이 봄날이 되어
당신을 찾아가겠습니다

봄꽃

코끝을 간질이는 계절이 돌아왔다.
연신 재채기를 하게 만드는
꽃가루들의 축제가 되돌아온 것이다.

순간의 아름다움을 품은 꽃과
희망과 기대를 품은 꽃,

사랑의 기쁨을 품은 꽃과
고귀함을 품은 꽃,

색색의 의미를 달리 가진 꽃과
아름다운 과거를 기억하는 꽃.

각각의 사연과 비밀을 지닌
꽃잎들이 다시금 피어난다.

벚꽃

벚꽃이 피던 날
꽃잎이 바닥으로 떨어졌다

이제 막 꽃을 피운 봉오리에서
홀로 떨어진 꽃잎은
햇빛 아래서
금세 가장자리가 마르고 있었다

그 옆에 서 있던 나는
결국 줍지 못한 채로
말라가는 꽃잎을 바라봤다.

바람이 불어
꽃잎은 멀어졌다.

춘곤(春困)

눈을 감아도 보이는 풍경

나른한 오후의 햇살이 어깨에 내려앉으면

자꾸만 당신 생각이 졸음처럼 쏟아집니다

깨어있어도 꿈을 꾸는 것 같은 기분

입술 끝에 맴도는 이름 하나가

지독한 춘곤증처럼 나를 흔들어 놓습니다

바람이 불어 꽃가루가 날리는 건지

내 마음이 일렁여 눈시울이 붉은 건지

봄은 참 이상하기도 하지요

아무것도 하지 않아도 당신이 가득하니

말입니다

연분홍 거리

스치듯 안녕, 그 찰나의 진심

벚꽃잎이 비처럼 내리는 길 위에서
우연히 마주친 당신의 뒷모습

아는 체하기엔 너무 가깝고
모른 척하기엔 가슴이 저릿한 거리

어깨 위에 내려앉은 꽃잎 하나 털어주고 싶은데
내 손은 주머니 안에서 주먹만 꼭 쥡니다

당신이 지나간 자리마다
분홍색 그리움이 흩뿌려지고

나는 차마 밟지 못한 그 길 위에 서서
올해의 봄도 이렇게 앓고 지나갑니다

봄의 수난

너는
늘 늦게 온다
언 땅이 다 녹은 뒤에야
내 마음을 건너온다

기다림은
쓰다만 편지처럼
책상 위에 남아 있다

문득 돌아보면
너는 너무 예뻐서
아무 말도 할 수 없고
꽃잎 하나 떨어질 때마다
가슴이 철렁 내려앉는다

할 말이 많았는데
너는 급히 떠났고
인사도 남기지 않았다.

밤마다
다음 계절의 문 앞에서
나는 너를 다시 부른다

너는 알까
이렇게 오래 한 철을 견디며
너를 꿈꿔왔다는 걸

벚꽃의 음성사서함

#3월 12일

나뭇가지 사이로 쏟아지는 봄볕에

수양버들이 사랑의 슬픔을 고백했습니다

덧붙일 나뭇잎이 없어 조용히 들어만 줬네요

#3월 17일

언제나 긍정적인 콩꽃 씨에게도

그늘진 꽃잎이 있다는 걸 몰랐습니다

행복은 반드시 오고야 만다던 그의 말에는

늘 그렇듯 기약이 없었으니까요

#4월 9일

꽃잎이 다 떨어지도록 가지를 들썩여도

내 이슬을 닦아줄 그대는 없습니다

따라 벚꽃잎을 털어내고 웃던 고운 마음씨

잊으려 해도 옹이 깊숙이 박혀있네요

#5월 30일
이제 봄날이 얼마 남지 않았어요
라일락이 보랏빛 웃음을 띠며 저에게
올봄에는 사랑의 싹을 틔웠냐고 묻더군요

그대를 베어 간 도끼 서슬 앞에서 맹세컨대
하릴없이 밑동에 싹트기만을 기다렸습니다
기약 없는 슬픈 사랑, 저도 별수 없네요

이제 곧 제 차례인데 당신의 음성사서함에
봄꽃들의 이야기를 실어두었습니다

언젠가 그대가 다시 세상에 꽃피우는 날
열어보시죠

회춘(回春)

창틀에 3월의 햇살을 걸어두었습니다

아이들은 돌아온 계절이 낯설기라도 한 듯

그 아름다움을 양껏 저울질하고 있습니다

뺨에 발그레 수놓인 진달래가 부러워

저도 시곗바늘을 거꾸로 돌려봅니다

제가 마주한 청춘은 엉성했습니다

푸릇한 거짓말에 눈물 젖은 잎사귀

꽃가루에 그토록 재채기하고 나면

어설프지만 싱그럽게 웃어 보여야 했습니다

창문 너머 봄비 부슬거리면 깔리는 꽃길

한 번도 누구와 발맞춰 걸어본 적 없습니다

흐드러지는 봄꽃들 저마다 품에 간직할 때

슬픈 계절을 떨치고 저는 이곳에 앉았습니다

짝사랑이 피던 봄

내리쬐는 봄볕보다 녹아가는 잔설에
더 마음이 쓰이는 걸 보니
저도 나이가 들었나 봅니다

내일도 모레도 햇살을 걸어둘 텐데
저보다 눈이 부신 누군가가
찾아가시길 바랍니다

겨울은 허투루 봄에게 당신을 보내지 않는다

봄에 태우는 절망은 적색 연기를 품고 온다는데
그 연기에 홀려 삶을 부정하고
지저분한 유혹에 못 이겨 홀연히 사라지는 꿈을 꾼대

추운 겨울을 이겨낸 강인함은 그새 망각하고
내가 얼마나 나약한지에 초점을 맞춰 겨냥하지

조준을 제대로만 하면 낙원에 갈 수 있다고 믿는데
눈부시도록 투명하고 아린 허구

긴 기다림 끝에 맞이한 봄은
굵은 눈물방울도 마르게 하는 희박한 사랑을 피운다

만개한 이상은 허상에서의 도피처이자 비상구

한 곳을 보지 못하고 방황하던 두 눈은 이내 미지근
한 찬미를 응시하고
거친 숨은 따뜻한 입김으로 변한다

겨울은 허투루 봄에게 당신을 보내지 않는다

당신은 기어코 봄에도 살아낼 사람

1. 정옥순

봄이다!

붉게 물든 저녁 하늘 아래
살짝 윙크하듯 눈을 감았다 뜨면
긴 겨울이 한 겹 벗겨진다.

명절이 지나간 자리엔
사람의 온기 대신
계절의 숨결이 스며 있고,
공기는 분명 조금 더 부드러워졌다.

졸졸졸,
산기슭을 타고 흐르던 물줄기가
어느새 강으로 모여
남은 얼음까지 녹여낸다.

호숫가에는 철새들이
경계 없이 날개를 펼치고,

동쪽의 죽엽산은 이미 맨살을 드러냈지만
서쪽의 용화산은 아직 하얀 눈을 품은 채
마지막 겨울을 붙들고 있다.

겨울은 서서히 녹아가고,
봄은 서서히 피어난다.

미선나무와 개나리,
통통하게 부푼 꽃봉오리도
봄을 마중하고 있다.

멍멍멍,
동네 개 짖는 소리조차
정겨운 산책길을 채운다.

꽥꽥, 짹짹
새들은 제 이름을 부르며
하늘을 날아오른다.

봄이다!

봄의 낙화

바람이 스친 자리마다
벚꽃은 제 몸을 흩뜨렸다

흩날리는 소리에
하늘은 꽃잎으로 밝아지고

어깨 위에 살포시 내려앉은 한 잎
나는 그 작은 온기 곁에 머물렀다

떨어진 벚꽃잎은
땅 위에서 다시 꽃으로 피어나
나는 그 위를
밟지 않으려다
끝내 천천히 지나간다

눈처럼 내리는
벚꽃 아래
모든 것은 가벼워지고

사라짐은
이토록 찬란하게 빛난다

말하지 않아도
이미 스며들어 있던 시간

그 숨결이 닿은 자리

나는
한 겹 더 조용해진다

봄은 천천히 왔다

봄은 천천히 왔다

그해 봄은 유난히 더디게 왔다.

달력은 이미 삼월을 넘어가 있었지만 바람에는 아직 겨울의 냄새가 남아 있었다. 그는 아침마다 창문을 열었다가 다시 닫았다. 차가운 공기가 방 안으로 스며들 때마다 아직은 아니라고 혼잣말처럼 중얼거렸다. 봄은 늘 그렇게 사람의 마음을 한 발짝쯤 앞질러 와서는 다시 멈춰 섰다.

어머니는 창가에 앉아 있었다.

햇빛이 가장 오래 머무는 자리였다. 병원에서 가져온 휠체어에 앉아 어머니는 바깥을 오래 바라보곤 했다. 특별한 풍경이 있는 것도 아니었다. 오래된 아파트와 그 사이를 가르는 좁은 길, 가끔 지나가는 차들. 그럼에도 어머니는 그 자리를 좋아했다.

"오늘은 좀 따뜻하네."

그는 고개를 끄덕였다. 실제로는 아직 쌀쌀했지만, 굳이 정정하지는 않았다. 어머니가 느끼는 온도가 중요했다. 그는 어머니의 무릎에 담요를 덮어 주고 부엌으로 가 물을 끓였다.

어머니는 오래 아팠다. 병의 이름은 여러 번 바뀌었고 설명은 늘 길었지만 결론은 언제나 같았다. 그는 그 말을 이해하지 않으려고 애썼다.

점심을 먹고 나면 그는 어머니와 함께 짧은 산책을 했다. 집 앞 공원까지 가는 길은 불과 오 분도 걸리지 않았지만 둘은 늘 그 이상을 썼다. 어머니는 걸음을 자주 멈췄고 그는 그때마다 아무렇지 않은 척 옆에 섰다.

"저기 꽃 봐라."

어머니가 손가락으로 가리킨 곳에는 작은 꽃들이 고개를 내밀고 있었다. 이름도 모르는 꽃이었다. 그는 휴대폰을 꺼내 검색하려다 말았다. 이름을 모르는 채로 두는 게 더 어울리는 순간도 있다고 생각했다.

"곧 벚꽃 피겠지?"
"응. 아마도."

어머니는 그 대답이 마음에 든다는 듯 고개를 끄덕였다. 확신보다는 여지를 남기는 말. 요즘 어머니는 그런 말을 좋아했다.

그날 밤, 어머니는 잠을 잘 이루지 못했다. 그는 몇 번이나 물을 갈아 주고 등을 두드려 주었다. 어머니의 숨소리는 밤이 깊어질수록 가늘어졌다. 그는 그 소리를 놓치지 않으려고 잠들지 않았다. 창밖에서는 바람이 불었고 어딘가에서 꽃잎이 떨어지고 있을지도 모른다는 생각이 들었다.

며칠 뒤, 봄비가 내렸다.
비는 조용히, 그러나 오래 내렸다. 어머니는 창가에 앉아 빗줄기를 바라보다가 말했다.

"비 오는 봄도 좋다."

그는 웃으며 고개를 끄덕였지만 마음 한쪽이 천천
히 젖어 들고 있었다. 어머니의 말은 점점 과거형처럼
들렸다.

그날 오후, 어머니는 그에게 귤 젤리를 먹고 싶다고
했다. 철이 한참 지난 간식이었다. 그는 동네 마트를
몇 군데나 돌아다닌 끝에 겨우 하나를 찾았다. 집으로
돌아왔을 때, 어머니는 잠들어 있었다. 그는 젤리를
냉장고에 넣어 두고 어머니의 손을 잠시 잡았다. 손은
생각보다 차가웠다.

그 차가움에서 그는 점점 때가 오고 있음을 느낄 수
있었다. 서둘러 병원으로 향하는 그 시간 동안 많은
생각들이 깨어진 유리 파편처럼 어지럽게 머릿속을
찔렀다.
병원에 도착한 순간, 어머니는 축 늘어진 몸임에도
그의 손을 꼭 잡았다. 여전히 차가울 줄 알았던 어머
니의 손은 의외로 따스했다. 아니, 어쩌면 그리 느끼
고 싶었을지도 모른다.

다음 날 새벽, 병원에서 전화가 왔다.

그는 전화를 받는 순간, 봄이 와 있다는 사실을 잊었다. 옷을 챙길 틈도 없이 집을 나섰다. 병실은 조용했다. 어머니는 창가 쪽 침대에 누워 있었다. 늘 앉아 있던 자리였다. 그는 그제야 창밖에 벚꽃이 피어 있음을 알 수 있었다. 밤새 한꺼번에 피어난 것처럼 가지마다 연분홍색이 가득했다.

의사의 짧은 설명에 그는 고개를 끄덕였다. 질문은 하지 않았다. 설명을 들으면 들을수록 어머니가 더 멀어질 것 같았다. 그는 어머니의 손을 다시 잡았다. 이번에는 더 차가웠다.

장례를 치르는 동안에도 봄은 멈추지 않았다.

사람들은 검은 옷을 입고 왔고 위로의 말을 남기고 떠났다. 장례식장 밖에서는 햇빛이 비쳤고 바람이 불 때마다 꽃잎이 흩날렸다. 그는 그 풍경을 똑바로 보지 못했다. 슬픔보다 먼저 찾아온 건 어색함이었다. 이렇게 아름다운 계절에 이렇게 조용히 사람이 떠난다는 사실이.

모든 절차가 끝난 뒤, 그는 혼자 집으로 돌아왔다. 어머니가 앉아 있던 창가 자리는 비어 있었다. 담요는 그대로였고 컵도 그대로였다. 냉장고를 열자 귤 젤리가 눈에 들어왔다. 그는 잠시 망설이다가 하나를 꺼냈다. 어머니는 결국 먹지 못한 젤리였다.

공원을 찾은 건 그다음 날이었다.
벚꽃은 이미 만개해 있었다. 사람들이 사진을 찍고 웃으며 지나갔다. 그는 벤치에 앉아 한참을 그 풍경을 바라보았다. 작년에도, 그 전해에도 어머니와 이 길을 걸었다. 그때의 봄은 지금보다 조금 더 느렸고 조금 더 조심스러웠다.

그는 귤 젤리를 입에 넣었다. 달콤한 맛이 천천히 퍼졌다. 그제야 눈물이 났다. 꽃이 피어서도 사람이 떠나서도 아니었다. 어머니와 함께 보지 못한 봄이 이렇게 많다는 사실이 갑자기 크게 다가왔다.

해가 기울 무렵, 그는 자리에서 일어났다.
꽃잎은 계속 떨어지고 있었다. 그는 더 이상 밟지 않으려 애쓰지 않았다. 봄은 늘 자기 속도로 오고 갔다.

사람의 마음과는 상관없이.

 집으로 돌아가는 길, 그는 생각했다.
 어머니가 말하던 봄은, 떠나는 계절이 아니라 남겨
지는 계절이었을지도 모른다고. 사라진 사람을 밀어
내는 시간이 아니라 함께했던 시간을 조용히 데려오
는 계절이라고.

 그는 천천히 걸었다.
 이번 봄은 아팠지만 피하지는 않기로 했다.
 어머니가 그랬던 것처럼 봄은 오는 것이니까.

그대와의 봄이라면

그대와의 봄이라면

그대와의 봄이라면
꽃이 먼저 피지 않아도 좋겠습니다.
당신의 한마디가
내 하루의 꽃망울이 되니까요.

겨울 끝자락의 바람도
그대 손을 잡으면
차갑지 않고
살결처럼 부드러워집니다.

햇살은 유난히 느리게 내려와
우리 어깨 위에 앉고,
시간은 눈치 보듯
조금씩 걸음을 늦춥니다.

그대와 나 사이에 흐르는 공기는
막 돋아난 잎사귀처럼 연하여
괜히 말없이 웃게 하고
괜히 더 오래 머물게 합니다.

만약 봄이 끝난다 해도
그대가 곁에 있다면
나는 또 다른 계절을
봄이라 부르겠습니다.

그대와의 봄이라면,
세상 모든 시작이
조용히, 그러나 확실히
사랑이라는 이름으로 피어날 테니까요.

춘분(春分)

첫 비가 주룩주룩 내리는
봄날이 꿈길처럼

빗물을 헤엄치는 꽃잎들이
녹아 없어질 것만 같았다

아무도 모르게 분
후-
민들레 홀씨 사이로

서툴게 건반을 누르는 소리가
어느 활짝 열린 창 너머 들려온다

봄에는 그림자에도 꽃이 피고
어느 누구의 슬픔이 녹는다

더운 내가 옷 새를 파고들어
여린 살을 간지럽히면

눈이 녹고
꽃이 피고
사랑에 빠지고

짝사랑이 피던 봄

봄이 오기 전

길어지는 햇살 따라
따뜻한 바람이 고개를 내밀어 인사하고

차가운 시냇물 위로
노란 소매를 든 개나리가 팔을 뻗네

움츠러든 내 어깨에는
아직 한 줌 겨울이 남아
차가운 숨결을 내쉬지만

느릿하게 번져가는 색을 데려오느라
미소 지으며 조금 늦어도

봄, 네가 오기 전
한 송이 남은 눈꽃을
지켜보고 있을게

접혀있던 봄

찬 바람에 굳어버린
외투 주머니를 뒤집으니

바스락, 마른 꽃잎 한 장이
힘없이 떨어졌다

그해 봄이 접힌 채로
좁은 동굴 안에서
오래 잠들어 있었을까

조심히 펼쳐 보려 손끝이 닿자
스르르 부스러지고

어둠 속에 눌러 담아 색을 지켜왔지만
결국 숨결에도 흩날리는 가루가 되었네

그렇게 바람이 지나가자
손끝에서 비로소 봄이 풀려나네

봄바람 아래

추적이던 봄비가 서서히 멎자
흙길 위 눌려있던 눅눅한 숨이 올라오고

땅속에 숨어있던 지렁이가
물 한 방울 마시러 몸을 내밀었네

어느덧 찬 바람은 모습을 감추고
팔랑팔랑, 따뜻한 람과 함께
나비가 인사하며 지나가는데

웅크렸던 몸을 길게 풀어
푸르른 하늘을 올려보다
조금씩 미끄러져 나가네

아직은 흙이 조금 차가워
몸 끝이 잠깐 떨리지만
봄바람이 가볍게 등을 밀어주네

너라는 봄이,

휴식 같은 햇살이 벤치에 앉아
살포시 입 맞춘 너는 내 봄이야.
민들레 홀씨들도 바람을 타고
천천히 내 마음에 꽃을 피우지.

춥지도 않던 눈이 땅 아래 녹고
연두 치마 입고서 왈츠를 추지.
눈부시게 따뜻한 바람이 좋고
비처럼 내려주는 벚꽃도 좋아,

나에게도 너라는 봄이 온 거야.
차가웠던 내 마음이 녹은 걸 보면.

벚나무가 서 있는 벤치에 앉아
잠시라도 붙잡은 바람이 불면
쏟아지는 꽃비로 세수를 하고

기분 좋은 햇살이 닿기도 하지.

눈을 감아도 푸른 하늘을 보고
연둣빛이 온 세상을 덮어버리면
푸른 담쟁이도 기분 좋은지
벽을 타고 하늘로 올라만 가지.

너라는 봄이 나에겐 그래.
화려하지 않아도 향기 나거든.
길고 길던 겨울이 눈인사를 해.
잠 깨우며 기다린 봄이 온다고,

너라는 봄이, 지금 내게 온다고.

봄의 절경

벗꽃이 갑자기
만개하였다가도
어느 순간 낙화하여
온 거리를 뒤덮으면

고독히 잎을 피워내
사계를 푸르게 비춘다는 것이

어쩌면
봄을 가장
아름답게 만들지도 모른다

1. 안세진

꽃 피는 봄에

꽃이 피는 계절이 오면

세상은 조용히 마음을 열고

겨우내 접어 두었던 설렘을

햇살 위에 천천히 펼쳐 놓습니다.

얼었던 땅이 숨을 고르고

새싹이 흙을 밀어 올리듯

나의 마음도 그렇게

당신을 향해 깨어납니다.

나는 그 길 끝에서 당신을 만나고 싶어요.

바람이 살짝 머리칼을 흔들 듯

아무 말 없이도 서로를 알아보는

그런 순간 속에서요.

눈이 마주치면 굳이 말하지 않아도

오래 기다렸다는 것을

서로 알 수 있는

그런 고요한 기쁨 속에서요.

벚꽃이 흩날리면

시간도 잠시 걸음을 늦추고

우리의 눈빛은 서로의 봄이 되어

천천히, 아주 천천히 피어날 거예요.

꽃잎 하나가 어깨 위에 내려앉으면

당신은 웃으며 털어 줄 것 같고

나는 그 손길 하나에

한 계절을 통째로 받은 것처럼 따뜻해질 거예요.

같이 걸어도 좋고

나란히 앉아 아무 말 없어도 좋아요.

봄볕이 등을 감싸고

꽃향기가 우리 사이를 채우면 그걸로 충분해요.

혹시 늦더라도 괜찮아요.

봄은 늘 다시 오고

내 마음은 늘 같은 자리에서

조용히, 당신을 기다리고 있으니까요.

서두르지 않아도 돼요.

꽃이 억지로 피지 않듯

우리의 만남도 그렇게

제시간에 피어나면 되니까요.

꽃 피는 봄에

짝사랑이 피던 봄

사랑하는 사람과 손을 잡고

같은 하늘 아래

같은 바람을 맞고 싶어요.

그리고 그 봄날이 지나고

꽃잎이 모두 져도

당신 곁에 남아 있는 사람이

나이기를 바라요.

꽃 피는 봄에

사랑하는 사람과 만나고 싶어요.

그 사람이 당신이기를

오늘도 조용히 바랍니다.

봄의 바이러스

벗꽃이 만개하는 봄에는

너도나도 바이러스를 앓는다

흔들리는 벗나무가 미련 없이

벗꽃잎을 훨훨 놓아주고

떨어지는 꽃잎은 봄의 바이러스를 남겨

온 세상을 분홍빛으로 물들인다

모두가 봄의 색에 취할 때쯤

나의 손으로 떨어진 꽃잎 하나쯤은

떨어지지 말고 멀리멀리 날아가

너에게도 닿았으면 좋겠다

봄바람이 이 바이러스를 옮겨

네가 나를 앓았으면 좋겠다

매년 감기처럼 찾아오는

봄이 몰고 온 바이러스는

울먹이던 나에게도 낭만을
돌아서던 너에게도 추억을 새긴다

봄이 쥐여준 우리라는 이름의 사랑
떨어지는 꽃잎들에 담아 소복이 쌓여가기에
너도나도 사랑을 앓는다

꽃이 이어준 사랑

우리 학교에는 재밌는 속설이 하나 있다.

떨어지는 벚꽃을 땅에 닿기 전에 주우면, 사랑이 찾아

온다는 것.

4월만 되면 모두가 운동장으로 몰려간다.

가장 큰 벚나무 아래에서 꽃이 떨어질 때마다 탄식이

터지고,

누군가 잡으면 괜히 자기 일처럼 환호한다.

잡은 애들은 괜히 조심스레 주머니에 넣는다.

사랑이 새어나갈까 봐.

나는 그런 애들을 구경하는 쪽이었다.

"야 너도 구경만 하고 있지 말고 이리 와 봐."

"사랑이 그리 쉽겠니? 난 그런 미신 안 믿어."

보미는 올해만 열 번째 도전이다.
물론 아직 한 번도 성공하지 못했다.
벚꽃은 생각보다 빠르게 떨어진다. 망설일 틈 없이.

"야 김보미, 종 쳤어. 얼른 가자."

종이 치고 애들이 흩어졌다.
사실 한 번쯤은 해보고 싶었다.
딱 한 번.

하굣길,
운동장 한가운데 벚꽃이 유난히도 많이 흩날렸다.
그냥 호기심이었다. 나는 조심스럽게 한 번 손을 뻗어
봤다.

수많은 벚꽃들 중 하나가 주인을 찾아가듯
방향을 틀어 내 손등 위에 가볍게 내려앉았다.

"그거 성공 아니야?"

깜짝 놀라 꽃잎을 놓쳤다. 누군가 있을 줄은 예상하지

못했다.
괜히 얼굴이 붉어지며 부끄러웠다.

"성공인가? 뭐 미신일 뿐이잖아."
"혹시 모르지. 정말 사랑이 찾아올지. 한 번 믿어봐."

왠지 모르게 웃음이 새어 나왔다. 맞는 말이다. 믿는
다고 손해 볼 건 없었다.
뭐 정말로 사랑이 찾아온다면 나에겐 좋을 일 아닌가?
한 번 믿어보기로, 내 마음은 그렇게 결정했다.

"그래 뭐, 한 번 믿어볼게."
"의외네, 내 소개가 늦었지? 난 지우주. 우리 같은 반
이니까 잘 부탁해."

지우주.
아마 우리 학교에 모르는 사람이 없을 거다.
새 학기부터 잘생겼다고 인기가 많았으니.
대화를 나눠보니 왜 인기가 많은지 알 것 같기도 하다.
나도 모르게 너의 목소리에 자연스럽게 귀를 기울이
고 있었다.

"잘 부탁해, 난 이하은이야."

우주는 떨어진 꽃잎을 주워 내 손등 위에 올려놨다.
손끝이 잠깐 스쳤다. 처음 느껴보는 감정이었다.
조금 울렁거렸지만 싫진 않았다.

그날 이후로 우리는 조금씩 말을 섞기 시작했다.
서로의 집에 데려다주면서, 매점에서 빵을 사 먹으면서,
수행평가를 핑계로 먼저 말을 걸면서,
특별한 계기는 없었다. 그냥 어느 순간, 내 하루에 네
가 있었다.

벚꽃은 금방 졌다.
운동장도 다시 평범해졌다.
속설 이야기를 꺼내는 애도 없어졌다.

어느 날, 내가 물었다.

"그때 벚꽃 말이야. 너 진짜 믿었어?"

우주는 잠깐 생각하더니 웃었다.
“아니. 그냥 핑계였어.”

당황스러웠다. 또 심장이 이상하게 간질거리며 빨리
뛰기 시작했다.
너랑 얘기만 나누면 그랬다. 괜히 얼굴이 붉어지고,
너랑 얘기할 때면
모든 게 다 조심스러웠다.

쿵- 쿵- 심장은 눈치도 없는지 그 고요한 분위기를 혼
자 독차지하고 있다.

“무슨 핑계?”
“말 걸 핑계.”

순간 말이 막혔다. 심장은 괜히 더 크게 뛰었고, 무슨
말을 해야 할지 감이 오지 않았다.
그 긴장감 속에 우주는 장난스레 말을 툭 던졌다.

“정말로 사랑 찾아왔네? 내 말 듣기 잘했지?”

나는 웃었다.

"그러게."

사랑이 벚꽃을 타고 오는 건 아니었다.

우리는 그저, 벚꽃이 떨어지는 순간을 빌렸을 뿐이었다.

그리고 우리는 결국 꽃잎 대신 서로를 붙잡았다.

봄이 머물던 자리

그날은 이상하게 하늘이 낮았다
차가운 공기 속에 커피 향이 천천히 녹아들었다

나는 네가 좋아했던 시집을 들고
집을 나섰다

바람은 아무 말도 하지 않았고,
사람들은 저마다 떠드느라 바빴다

책을 펼치는 순간
바람이 내 머리 위를 스친다
그 바람 속에서 너의 향기를 맡았다

구름은 느리게 흘렀다
마치 네가 나를 스쳐 가는 듯이
네가 없는 자리에

바람이 대신 앉아 있었다

그 자리를 한참 동안 바라보며
네가 다녀갔음을, 나는 알 수 있었다
마치 약속이라도 한 것처럼

아무 말도 하지 못한 채
그저 느끼는 것만으로 충분했다
전하지 못한 마음은 그렇게,
조용히 내 안에 남아 있었다

너 없는 밤은 별이 적고
가슴속은 텅 빈 듯 시렸지만
오늘은 이상하게 따뜻했다

마치 네가 다시 돌아온 것처럼
지나간 줄만 알았던 봄이
다시 내 안에 피어난 것처럼

봄꽃

시베리아의 한파를 피해
땅속에서 작은 씨앗을 품고
있는 너

사납고 모진 바람에
동식물들 얼어 죽을 때
끝까지 버텼던 너

이제는 푸른 잎들이
엉성해지는 봄이 오면
활짝 세상을 향해 느릿느릿
아름다움을 꽃피울 너

봄나무

얼어붙은 나뭇가지들
사이에서도 작은 희망의
꽃잎들 피어난다

처절한 추위에 온몸이
후들거려도 버텨왔던 지난날들이
싱그러운 봄꽃으로 성장한다

풀 내음 가득할 무렵에
서서히 들려오는 봄바람에
살랑거리는 희망의 나무 한 그루

봄눈

너는 봄눈 같은 사람

너무 늦게 와버린 사람

그리고 덧없게 녹아버린 사랑

봄철 꽃 피기 전에 조용히 와서

혼자 녹아버린 네가 야속하다

이른 봄눈으로 오지 않았으면

겨울날 함박눈으로 와주었을까

늦은 눈꽃으로 피지 않았으면

한철 봄꽃으로 피어주었을까

눈발 다 지고 쓸쓸히 와서

홀로 피어버린 네가 야속하다

꽃가루 알레르기

봄은 늘 다정한 얼굴로 찾아온다.

얼어 있던 공기가 풀리고 나뭇가지 끝마다 연둣빛이 맺힌다. 사람들은 두꺼운 외투를 벗어 던지고 한결 가벼워진 표정으로 거리를 걷는다. 벚꽃이 피었다는 소식이 들리면 괜히 마음이 먼저 들뜬다.

하지만 나에게 봄은 조금 다르게 다가온다.

설렘보다 먼저 찾아오는 것은 재채기 한 번 그리고 멈추지 않는 콧물이다. 눈은 간질간질하고 목은 마른 먼지를 삼킨 것처럼 칼칼하다. 사람들은 "이렇게 좋은 날씨에 왜 마스크를 써?"라고 묻지만 나는 안다. 이 계절의 공기 속에는 보이지 않는 꽃가루가 떠다닌다는 것을

꽃은 죄가 없다.

그저 피었을 뿐이다.

햇살을 받아 가장 아름다운 모습으로 자기 계절을 살아가고 있을 뿐이다. 그런데도 나는 그 앞에서 연신

고개를 돌리고 코를 훌쩍이며 눈물을 찔끔거린다.

아이러니하게도 나는 봄을 좋아한다.

햇살이 창문을 두드리는 아침 따뜻해진 바람이 골목을 스치는 순간 괜히 산책을 하고 싶어지는 저녁 그런 장면들을 사랑한다. 다만 그 사랑에는 늘 약봉지 하나가 따라붙는다. 약을 먹고 나면 졸음이 쏟아지고 멍한 상태로 꽃길을 걷는다. 봄을 온전히 느끼지 못하는 기분이 들 때도 있다.

어쩌면 꽃가루 알레르기는 봄이 건네는 작은 장난일지도 모른다.

"완벽한 계절은 없어"

그렇게 말해주는 것처럼

생각해 보면 우리의 계절도 그렇다.

설레는 순간이 오면 동시에 감당해야 할 무언가가 따라온다. 새로운 시작에는 긴장이 사랑에는 불안이 기대에는 두려움이 스며 있다. 봄의 꽃가루처럼 눈에 보이지 않지만 분명 존재하는 것들

그래서 나는 오늘도 마스크를 쓴 채로 벚꽃길을 걷는다.

재채기를 하면서도 눈이 시큰거리면서도 하늘을 올려다본다. 흩날리는 꽃잎 사이로 비치는 햇살은 여전히 눈부시다.

완벽하지 않아도 괜찮다.

조금 불편해도 조금 눈물이 나도 그럼에도 불구하고

이 계절은 충분히 아름답다.

봄은 내게 늘 묻는다.

"그래도 걸어볼래?"

나는 대답한다.

코를 훌쩍이며 눈을 비비면서도

"응 그래도 봄이니까"

홍매화 (시)

사람들이 춘을 칭송하고, 동을 배척하는 이유는

육본청송의 잎을 보고 싶어 하는 마음 때문이오.

그럼에도 소인은 하를 받들고, 추를 거부합니다.

어린 새싹이 성장하는 것이 아니 이상한 그 계절을.

금의 기운이 넘쳐흐르는 아이에게 빛이 날 것임을 모

르는 자가 있는 것은 만무한 일이옵니다.

우리가 세속에서 벗어나 임만을 그리워하는데도

뿌리 깊은 어둠은 걷힐 줄 모릅니다.

늙은 산을 보필하는 영모전에 꽃피우기를 간절히 바

라며 북쪽 벗을 그려봅니다.

물장구를 치던 임의 손 한 번 잡고 싶사옵니다.

임의 마음속에 소인이 있을까요.

안 나약하고 안 어리석은 임의 벗이 될 수 있었기에

감사한 생애를 보내왔습니다.

소인은 임의 다 피지 못한 시간을 기억합니다.

훗날 강가를 건너 임을 만나더라도,

소인의 혼은 여전히 그 봄에 머물 것이옵니다.

별 하나 마음 하나 따스해지는 봄밤.

나 꽃잎 사이로 그대를 바라보는 봄밤

그대에게 가까이로 다가서는 발걸음

다가가 버린 이 떨린 꽃비 내리는

센치한 밤

별빛 가득히 빛나는 별 하나

마음의 온도가 조금씩 빨갛게 오르고

그대를 잡고 있는 나의 손 온도가

조금씩 따뜻해져 오며,

별 하나 내 마음에 포개져 오는

오늘이 그런 밤.

그대를 사랑하고 있는 꽃비 내리는 밤

내 마음이 그댈 향해 뛰고 있는 봄밤

두려운 봄아

내게 오는 짙은 봄아
싱그러운 딸기를 맺고
금성같이 누런 개나리를 가져오는
두려운 봄아

나를 용서해다오
나를 이해해다오
나의 크나큰 이기심을
작은 욕심으로 생각해다오

네 시간에 너는
세상 모든 걸 품을 수 있지만
나는 그 무언가를 품지도
내 시간이 오지도 않는단다

내가 너의 것을 탐하는 걸
상실이 아닌 이기심이 아닌
사랑이라 불러 다오
내가 품고 품을 수 있는 그녀 하나만
내게 허락해다오

오사카의 벚나무

일본, 오사카, 난바
너의 눈물을 본 다음 날 나는 그곳에 있었고
내 마음에 맺힌 네 눈물을 닦아주고 싶었다

길을 걷다 보니 예쁜 벚나무를 만났다
나무가 가지 스민 바람에 떨군 꽃송이들이
한 아름 퍼져 있더라

아직 온전한 꽃의 형태를 하고 있는데
바닥에 툭 떨어져 버린 것이
꼭 어제 고개를 떨군 네 모습 같아서

떨어진 꽃송이들을 한 움큼 주워다
나무 아래 예쁘게 모아놓고
그 위를 올려다보게 했다

고개를 들어
꽃이 다시 가지를 보기를
당신이 울지 않기를

그날, 그 밤
정말로 당신은 고개를 들어
실패했던 것을 단숨에 해냈다

이루어진 기도에
내 마음이 만개하고

만개한 마음에
지지 않을 사랑이 피어올랐다

당신이 울지 않길 바라
당신이 늘 웃었으면 좋겠어

봄 내음이 코끝을 스쳐 갈 때면
난 언제나 오사카의 벚나무 앞에 선다

당신을 위해 기도했던 그날의 순정

당신을 위해 고개 숙인 꽃을 피웠던
2024년 4월 5일

여전히, 난 그곳에 있다
여전히 내 안에 피어 있다
여전히 당신을 사랑한다

내 사랑,
나의 5번
꿈을 돋아나게 하는 나의 봄이여

짝사랑이 피던 봄

봄 그리고 봄

활짝 개화한 꽃을 같이

환히 웃는 너를 본다

봄날의 햇살 같은

너의 웃음이

그 누구의 웃음보다

나의 마음을 채운다는 걸

나만 알고 있겠지

너를 바라보며

더 이상 나만 알기 싫은

너의 미소를 알려주려고 해

혹여나 네가 내 말을

받아들이지 못해도

나는 너의 웃음을

떠올리며 미소 지어 볼게

사라진 봄

봄과 함께 사라지며
나의 봄도 함께 사라진다
너의 미소를 잊어가며
나의 미소도 잊어간다

봄에 개화해서
금방 떨어지는 벚꽃처럼
너는 한순간에 사라졌다

사라진 나의 봄에
잃어버린 나의 모든 것은
너의 봄이 다시 시작될 때
되찾을 수 있을 것이다

벚꽃의 비

이제야 찬란하고 활기찬 봄이 왔는데
왜 아직도 슬픈 표정으로 울고 있니

이제야 다정하고 따스한 봄이 왔는데
왜 아직도 추위를 감싸고 있니

이제야 다시 시작할 힘이 생기는 시간이 왔는데
왜 아직도 힘없이 웅크리고 있니

이제야 버텨온 통증이 무뎌질 때가 왔는데
왜 아직도 옅어진 흉터를 감추고 있니

지금 오는 비를 봐.
네가 지금까지 맞아왔던 비보다 아름답지 않니?
벚꽃은 피어나는 순간부터 떨어지는 순간까지
사람들은 그 시간을 보기 위해 카메라를 들고

소중한 사람과 손을 잡고 봄을 찾아간단다.

벚꽃의 비가 참 아름답지 않니?
우리 지금까지 잘 버텨와서 이 벚꽃의 비를 맞았으니
다음 해까지 우리 조금만 더 살아볼까?

다음 해에 피어날 벚꽃보다 찬란하고 아름다운 너를
위해.
벚꽃의 비 사이에서 환하게 웃고 있는 너를 위해.

봄이 뭐라고

봄이 뭐라고 사람들이 새로운 에너지를 주고받고
봄이 뭐라고 서로 짝을 찾아가기에 바쁠까.

봄이 뭐라고 다들 나무와 꽃을 찾아가고
봄이 뭐라고 다들 아직 다가오지도 않을 여름을 준비
한다.

봄이 뭐라고 포근했던 방이 미지근하게 적적한 온도
로 바뀌고
봄이 뭐라고 나는 괜히 더 이어폰 볼륨을 높인다.

봄이 뭐라고 밝은색의 옷을 입고 나가니
봄이 뭐라고 세상이 이렇게 예쁜지 모르겠다.

그래서 사람들이 봄을 기다리는 걸까.
음악 소리와 함께 어우러진 봄의 향기는 생각보다 기

분이 좋았고

그래서 가벼워진 발걸음과 함께 다음 봄을 연상해 본다.

그때는 나도 좀 자연스럽게 봄을 즐길 수 있겠지.

저기에 뛰어놀고 있는 아이들과 쑥스럽게 손을 잡으

며 걷는 연인처럼.

자전거를 타며 웃는 노부부와 사진을 찍는 학생들처럼.

짝사랑이 피던 봄

설렘은 갑자기 찾아오니 설렘

입춘이 지나
벌써 봄인가 했더니
아직 모두가 오들오들 떨고 있다

언제쯤 눈이 녹으려나
파아란 입김을 미워해도
봄은 쉽사리 날 안아주지 않는다

찬바람이 익숙하다 못해
나와 한 몸이 되는듯한 그때,
그때가 돼서야

봉우리가 피어나고
불쑥 따스한 바람이
내 볼에 입맞춤을 한다면

깜짝 놀란 순간
되려 봄이 설레하고
부끄러워하며
분홍빛 뺨을 붉히니,
그제야 우리의 마음이 피어나노라

그대도 알고 있는가?
설렘이 만개함이 봄임을
그것이 진정한 봄임을

짝사랑이 피던 봄

봄나물

봄나물

강원도 홍천에서
어머니가 보내온
봄나물

맛나게 무쳐 놓고
식구들에게 먹으라고 보챈다
매서운 겨울을 이겨낸 약초라고

입안 가득 봄기운이 들어온다
얼음 박혀오던 땅속에서 어떻게 견뎠을까

매정한 바람이 머리채를 쥐고 흔들 때
속으로 속으로 움츠리며 얼마나 숨죽였을까

천지에 흰 눈 덮여
자신을 흔적도 없이 지워버렸을 때
땅속에서 홀로 외치며 몸부림쳤겠다

냉기를 견디기 위해 매운 기운을 먹으며
그 몸부림이 비타민이 되고 무기질이 될 때까지

그래서 봄나물 맛은
씁쓰레하며 향이 진하나 보다

모진 겨울을 같이 지나온 사람들에게
치유의 약초가 될 수 있나 보다

나도 누군가의
약이 되고 기운이 되는
봄나물로 돋아나고 싶다

짝사랑이 피던 봄

옹벽 위의 개나리

옹벽 위의 개나리

누군가의 서툰 첫 고백인가
밤하늘 궤적을 이탈한
떠돌던 별인가

열기는 없어도 노란 빛깔이
주변을 환하게 데우고 있다

다른 계절 내내
너를 결코 알아차리지 못했다
성의 없는 눈길조차
한 번도 주지 못했다

무엇이 너를 이토록
솟구치게 하였는가

밤이면 지하로 지하로
바늘 빛 되어 스며들던
은하수인가

심연의 강가에
깊이 가라앉아 있던
낯선 설렘의 노래인가

담벼락으로 쏟아지는
노란 분수를 보며
나도 차오르고 부푼다

그 첫 고백이
별처럼
와르르
가슴으로 쏟아진다

짝사랑이 피던 봄

목련꽃

목련꽃

며칠 동안
하얀 촛대 받쳐 들고
간절한 염원의 기도를 드리더니

오늘은
파르르 떨리는 꽃잎 열어
뽀얀 햇살을 한 움큼 담는다

시샘의 찬바람
연실 나뭇가지를 흔들며
햇살을 엎지른다

담으면 엎지르고
엎지르면

다시 담는다

사소하지만
치열하고
고단한 실랑이

의미를 꽃피우기 위한
하얀 몸짓이다

봄, 탑승 완료

봄, 탑승 완료

두툼한 코트는 의자에 걸어 둔 채
얇은 셔츠 한 장으로 몸을 갈아입는다
오늘은 마음도 가벼운 수하물

첫 기차가 플랫폼을 밀어 올릴 때
그 기울기 속으로 올라탄다

창밖은 빠르게 넘어가는 장면들
벚꽃, 강물, 낮은 지붕들
풍경이 뒤로 밀릴수록
내 안의 묵은 계절도 조용히 벗겨진다

낯선 골목의 작은 카페
유리컵 속 기포가 위를 향해 오르듯

심장도 가볍게 숨을 넓힌다

사진을 찍는 사이
웃음이 먼저 번지고
한 걸음 더 바깥으로
기울어 있다

미광을 틔우는 봄

살랑, 스며드는 봄바람의 결 따라
굳어 있던 마음의 표면이 느슨해지고
작은 틈에서 여린 미광이 자란다

산들한 기척에도 가지 끝이 틔우듯
엉켜 있던 생각들이 풀려
천천히, 분명히 기지개를 켠다

깨어남은 멈춰 있던 결이 트이는 일
연둣빛 숨이 속살에 닿는 순간
안쪽에서 밀려오른 빛이 천정을 밀어 올린다

겨울을 건너온 시간 위로
고른 볕결이 내려앉아
회복은 어느새 숨의 깊이를 바꾼다

조심스레 놓인 봄날 아침의 가장자리

볕살이 어깨를 가볍게 밀어주고

발끝이 먼저 맑은 쪽을 향한다

짝사랑이 피던 봄

포레스트 웨일

공동 작가

짝사랑

사적인 날씨

너를 좋아하는 동안
내 안에는 늘
작은 날씨가 머문다

아무 이유 없이 맑았다가
네 표정 하나에 흐려지고
괜히 괜찮아지려 애쓰다
조용히 비가 내린다

너는 알지 못한 채
하루를 통과하지만
나는 그 하루를
여러 번 접어 보관한다

이 마음은
폭우도 아니고

그렇다고 완전히 그친 적도 없는
애매한 온도의 비라서

우산을 펼치지도
젖어 들 용기를 내지도 못한 채
나는 그 아래 오래 서 있다

남겨두는 방식

나는 너를
소유하지 않는 방식으로 사랑한다

다가가지 않음으로써
관계의 균형을 지키고
아무 일도 아니라는 태도로
이 마음의 무게를 숨긴다

너의 하루에
조용히 스며들 수 있다면
그걸로 충분하다고
스스로를 설득하면서

그러나 밤이 되면
남겨두었던 말들이
제자리를 찾지 못하고 떠돌아

결국 나를 흔든다

그럼에도
이 마음을 꺼내 보이지 않는 것은
잃을 용기보다
지킬 마음이 더 크기 때문이다

짝사랑은

꽃잎 아른거리는 봄날
나는 그녀에게 다가갔습니다
활짝 웃는 그녀는
그 봄날 기온처럼
따뜻했습니다

가끔씩 그녀가 떠오를 때면
뭘 하던지, 뭘 해야 하는지도 잊은 채
불투명한 미래를 보듯
거의 다 써 가는 샴푸 통만 바라봅니다

아, 짝사랑이었나 봅니다
계속 아른거리는 것이
그 봄날 꽃잎 같습니다
그녀 치맛자락 같습니다

아름다운 사랑

사랑이 어딜 봐서 아름다운가
저 넓디넓은 들판에 핀 민들레 한 송이
꺾어 너의 귀에 걸어줘도 아름답지 않다

사랑이 어딜 봐서 아름다운가
너와 함께 살이 시린 겨울 산골짜기에서
온기를 나눠도 아름답지 않다

저 하늘의 태양이 지면
내 옆의 네가 있어도
사랑은 보이지 않을 테니
아름답지 않을 거다

운동장

짠기 가득한 티를 입고
운동장 한켠의 철봉을 휘휘 넘어갈 때,
태양은 모래 바닥이 되고
그 애의 얼굴은 하늘 위에 떠 있었다.

벗어 놓은 낡은 운동화 위로 땀이 똑똑 떨어진다.
뒷동산에서 시끄럽게 울리는 매미 소리.
그보다 시끄러운 아이들의 웃음소리.

밤으로 숨을 수 없어서
미끄럼틀 위에 서 있는 그 녀석을
툭 밀어 떨어뜨렸다.

여름은 쇠 맛이 난다

지독한 짝사랑

평생을 희생한 그들은
세월 앞에선 무색하기만 했다.
그럼에도 그들이 준 사랑만큼은
나이를 먹지 않았다.

꽃다운 나이를 버리고
고통 속에서 태어난 작은 아이만 바라보며 웃는다.

뭐가 그리 좋았을까.

어미의 배는 늘 텅텅 비어 있었는데
나를 키우는 게 뭐가 그리 좋았을까.
이제야 보이는 아비의 등은 수많은
막노동으로 등골이 휘어 있었다.
그럼에도 내 앞에선 강한 모습만 선보이셨다.

그들의 밥그릇은 허름하고 낡았다.
하지만, 내 앞에 놓인 것은
언제나 새 은동 그릇이다.

지독한 짝사랑은 나의 속 깊은 곳에서 타오르다
숨턱까지 막히게 했다.

이젠 내가 그들보다 커졌다.

그들에게 짝사랑이란 무엇이었을까.
그저, 보답 없는 이기적인 사랑이어도
괜찮았을까.

짝사랑이 피던 봄

그날, 그러지 말 걸

시작을 알리는 봄 향기가 내 코끝을 스쳐 지나간다.
익숙한 듯 낯선 종소리는 머릿속에서 맴돌았다.

그날, 그러지 말았어야 했는데.

마치 운명의 실타래처럼
아무도 말릴 수 없었다.

손끝까지 전해진 떨림은 곧, 간절함으로 변했다.
하루만... 아니, 단 1분, 몇 초라도 좋으니 같이 있고 싶
었다.

하지만 너의 시선 끝엔 내가 없었다.
그럼에도 사랑이란 덫에 걸려 빠져나오지 못했다.
마치 넓은 호수라고 믿고 헤엄치는 금붕어처럼.

나의 몸과 마음은 서서히 가라앉는다.
마지막 손을 놓지 못해
세상에서 가장 고통스럽게 눈을 감는다.

왜 내가 좋아하는 사람은 날 외면할까.
나도 그저 사랑받고 싶었던 한 사람일 뿐인데.

나의 시간은 멈췄다.
그럼에도 허황된 꿈을 꾸며 살아간다.

그날, 그러지 말걸.

나는 끝내 미련한 짝사랑을 한다.

짝사랑이 피던 봄

너라는 존재에 내가

쿵- 쿵- 쿵-
너와 눈이 마주친 순간
뇌는 멈추고 심장이 미친 듯이 뛰어서
내 귀에 생생하게 들렸다.

겨우 정신을 차린 나는 고개를 돌렸지만
심장은 여전히 제 자리에서 미친 듯이 뛰며 내 귀를
자극했다.

어쩌면 나도 모르는 사이에
너라는 존재에 내가 반했을지도 모르겠다.

언젠가 내 마음을 너에게 고백할 날이 오기를
혼자 시작하게 된 짝사랑이 같이 할 수 있게 되기를
나는 조용히 바란다.

너의 부재

네가 없는 지금,
나는 너를 가장 선명하게 사랑한다.
곁에 있을 때는 보이지 않던 너의 얼굴이
부재 속에서 또렷해진다.

너는 나를 밀어내지 않았고
나는 스스로 무너졌다.

그럼에도
나에게 잔혹하게 구는
너를 부재 속에서 사랑한다.

기다리게 하고
의미 없는 말에 숨을 고르게 하고
끝내 아무것도 약속하지 않는
너를 부재 속에서 사랑한다.

그해 봄이었다

너를 떠올리는 일만으로
봄은 충분했고

아무 말도 하지 않았는데
마음은 이미 다 젖어 있었다

피었다는 사실만으로
조용히 아팠던

그해 봄이었다

짝사랑이 피던 봄

말하지 않은 마음이
먼저 피었고

너는 모르던 사이
봄이 끝났다

2. 김유진

첫사랑 금단 현상

아, 너의 이름은 첫사랑.

누가 첫사랑이 달다고 했나.

사탕 같다던 말들은 모두 뒤로하고 너는 내게 은단 같은 사람이었다. 담배를 끊기 위해 쥐었던 은단을, 나는 오랫동안 먹었다. 금단 현상이 길었기에. 사실은 은단을 먹고 싶었던 핑계일지도 모른다. 그렇게 해서라도 내가 중독되었다는 사실을 잊고 싶지 않았다.

짝사랑은 사랑이 아닐 것이다.

이렇게 아프고 절절하기만 한 게 사랑이라면 이 세상에 사랑은 남아있지 않을 것이 분명했다. 그저 쌉싸름하고 알싸한 그런, 그래 은단 같은 맛이라는 게 도통 이해할 수 없는 것이니까. 에둘러 박하사탕이라고 포장해 보지만 소용없다. 입에 사탕을 머금고 입김 가득히 불면 거스름 없이 흐르던 눈물이, 첫사랑의 슬픔인가 별생각을 다 해보지만, 어쨌든 첫사랑이 사랑이 아님은 변함이 없다.

나는 첫사랑을 했다.

나이를 줄곧 먹고 퇴색된 그 단어의 의미를 다시 곱씹어 본다. 그 시절 나는 어떤 마음을 가졌을까, 그것을 어떻게 빚어 전해주려 했던가. 아무리 잊을 수 없는 것이라지만 이루어진 적 없는 그 마음이, 그것 따위가 남을 것이 어디 있겠어.

형체 없는 무언가는 잊히기가 쉽다.

그 아이에게도 그랬을까.

이내 마음이 형체가 없어, 얼마나 큰지를 모르고 우리는 그렇게 서로를 지나치게끔 했을까. 그럼 내가 어떻게 했어야 하지. 온갖 상상을 해보지만 신은 우리에게 좋은 결말을 그리 쉽게 내어 줄리 없다. 그런 생각이 들자 내 마음은 잔잔해졌다.

다시 돌려받을 마음도 없다.

그것은 오로지 나의 것이었다.

한 번도 받아주지 않았던 이것은 처음부터 끝까지 내 손을 떠나지 못했다. 그 사실이 너무나 슬펐다. 조금 더 네게 머물러 달라는 욕심은 부릴 수도 없게 그렇게 넌 떠나갔다. 모든 첫사랑이 그렇듯이.

 그럼에도 불구하고 이따금씩 내 삶에 떠오르는 너를 도통 지우는 법을 모르겠다. 그냥 이대로 내 속에 둥둥 떠다녀준다면 우리 서로 지옥일까. 마음껏 너로, 진창 가득하게 물들여주었으면 하는 바람은 쉽게 불어온 만큼 서늘하게 모든 것을 쓸고 갔다. 또 언제 올지 모르는 태풍이라지만, 여름마다 한 번씩 온다는 사실은 바뀌지 않았다. 나의 태풍은 줄곧 봄에 휘몰아쳤다. 너를 기억하는 방법으로, 그런 봄날이 오기를 내심 바랐을지도 모르겠다.

가장 완성된, 미완의 마음

처음이라는 말은

늘 너무 작아서

그 마음을 다 담지 못했다

첫사랑은

배우지 않았는데도

가장 오래 남는 언어였고

눈을 마주치는 일 하나로

하루의 문장이 바뀌던 시절

나는 너를 중심으로 의미를 배치했다

괜히 건넨 침묵 속에서

마음은 자주 길을 잃었지만

닿지 않은 그것은, 가장 완성된 미완

겁쟁이

혹여나 물어봅니다
다른 밤이었다면 다른 이야기였던가요
나도 여럿 스치는 많은 이들 중 하나로 여겼던가요

한없이 터져 나오는 나의 사랑이
그대에게는 여럿 스치는 실없는 사랑이었던가요

미안하네요
나는 사랑을 여럿 해보지 못했으나
그대에게 내보이는 사랑은
사람 사는 곳에 없을 수 없는 겁쟁이 같은
어떤 이가 평생을 걸쳐 내보일 사랑이요

욕심

나를 밝혀주는 그대의 빛이
나만을 위한 것이 아님을
나는 안다

나를 흔드는 그대라는 바람이
내게만 스치는 것이 아님을
나는 안다

그럼에도
그대만 바라보기를
나는 말한다

아, 내 사랑아
그대의 사랑도
나일까

닿지 못한 얇은 간극

감춰둔 네 마음 안에
아직 닿지 못한 얇은 간극이 있다
살며시 스친 우리의 시선마다
심장은 바닥에 가라앉듯 떨린다

말하지 못한 채 스친 밤들이 쌓여
그리움은 조용히 층을 이루고
겁 많던 내 마음은 여전히 머뭇거리며
한 걸음 내딛지 못한 채 머문다

넌 모를 내 안의 깊은 이야기
홀로 끙끙 앓아온 이 숨결들
언젠가 네가 그걸 깨달을 때면
우리는 조금 더 가까워질 수 있을까

네 웃음 옆에 살짝 숨겨둔 내 마음은
애써 숨기려 했으나 끝내 드러나
미세하게 흔들리는 심장은 쉬지 않고
끊임없이 너에게 닿으려 힘쓴다

세월이 흘러도 닳지 않는 이끌림을 알면서도
입을 열다 잃을까 두려워 망설인다

넌 모를 내 안의 깊은 이야기
밤마다 무심히 되뇌는 이름들
언젠가 네가 알아차릴 그날이 오면
우리 사이의 거리도 부드러워질까

그대가 내게 한 걸음 더 다가올 때
조심스러운 두려움 속에서도
아득한 곳에 닿을 그날을 향해
나는 조용히 너를 품고 있겠다

감춰둔 네 마음을 조심스레 안으며
그날, 말할 수 있을 때까지 나는 기다려본다.

스미는 마음

저녁노을이 물든 하늘 아래
마루 끝에 앉아 바람의 숨을 들어
처음엔 스쳐 가는 바람일 뿐이었는데
어느새 내 마음은 그 끝을 따라가

가볍게 웃으며 너는 지나갔고
난 그 웃음이 바람에 실린 줄도 몰랐어
하지만 고요한 내 마음 위로
잔물결처럼 너는 번져갔지

네가 건넨 짧은 한마디가 내 하루를 천천히 덮어와
어디에도 없던 자리 하나가 내 마음 안에 생겨나

너는 한순간의 스침일 뿐일지라도
내겐 세상이 흔들린 이유
닿을 수 없단 걸 알면서도

난 여전히 너를 향해 흘러가

사랑은 그렇게 말없이 와서 조용히 나를 잠기게 해
사라질 수 없게 내 안에 잔물결로 남아

보이지 않는 저 너머 어딘가 너의 그림자만큼 커진
내 마음
아무도 모르게 일렁이며 혼자서 너를 부르고 있어

나는 알고 있어
너의 세상에 나는 잠깐인 걸
이 떨림이 지나가면
차가운 물 속으로 가라앉겠지

그저 바람에 남은 물방울처럼
아무 의미 없을지도 모르지만
그래도 난 멈추지 않아 이 마음을 따라가

너에게 닿을 수 없다는 걸 알아도
한 발 한 발 더 깊이 들어가
내 마음을 물에 맡긴 채로 너의 미소를 몰래 바라봐

아마 너에겐 아무것도 아닐 이 작은 잔물결 하나
하지만 내겐 전부였던 사랑이란 이름의 이유

조용히, 아주 조용히 사라지지 않게
오늘도 내 마음은 너를 향해 흔들리고 있어

사랑인 줄 알았던 계절

봄은 사람을 쉽게 착각하게 만든다.

날씨가 풀리고, 거리의 색이 옅어질 무렵이면 감정도 함께 느슨해진다. 평소 같으면 그냥 지나쳤을 말이나 눈빛에도 이유가 붙었고, 마음은 그것을 사랑이라 여겼다. 그해 봄의 나도 그랬다. 나는 네가 아니라, 봄이 만들어낸 온도에 먼저 반응하고 있었다는 사실을 그때는 알지 못했다.

봄은 모든 것을 다정하게 보이게 했다. 아침 공기는 유난히 가벼웠고, 창문을 타고 들어온 바람은 사람의 마음을 슬쩍 건드렸다. 너는 늘 하던 말투로 인사를 건넸고, 늘 그 자리에 서 있었을 뿐이었다. 그런데도 나는 그 평범함을 특별하다고 여겼다. 네가 웃을 때마다 이유를 찾았고, 네가 건넨 말 한마디를 내내 되뇌었다. 그 과정들이 쌓여 마음은 자연스럽게 결론에 도착했다. 이것이 사랑일 거라고.

사람들은 봄에 피어나는 사랑을 말한다. 겨울을 지나 따뜻해진 마음이 누군가를 향해 열린다고, 봄은 시작의 계절이라고. 그래서 나 역시 의심하지 않았다. 이 계절에 느끼는 두근거림은 분명 사랑의 형태일 거라고 믿었다. 하지만 나의 짝사랑은 설렘보다는 흔들림에 가까웠다. 흔들다리 위에 서 있는 사람처럼, 심장은 빨라지고 발밑이 불안했다. 나는 그 불안함마저 사랑의 일부라고 여기며, 오래 붙잡고 있었다.

우리는 남들과 다른 시간을 보내고 있다고 믿었다. 특별한 사건은 없었지만, 그래서 더 특별하다고 여겼다. 아무 일도 일어나지 않는 하루들이 계속되면 그것이 관계가 되는 줄 알았다. 너는 변하지 않았고, 계절만 변하고 있었는데도 나는 그 변화를 너 때문이라고 생각했다. 봄은 그렇게, 아무것도 아닌 것에 의미를 덧붙이게 만들었다.

꽃이 지기 시작한 건 어느 순간부터였다. 정확한 시점은 기억나지 않는다. 다만 어느 날, 하루가 지나도록 너의 이름을 떠올리지 않았다는 사실을 문득 알아

차렸다. 예전 같았으면 사소한 계기로도 마음이 요동 쳤을 텐데, 그날의 나는 생각보다 잔잔했다. 너를 보지 않아도 괜찮았고, 네가 무엇을 하고 있는지도 궁금하지 않았다. 마음이 식었다기보다는, 자연스레 계절이 지나간 느낌에 가까웠다.

그제야 알게 되었다. 내가 좋아했던 것은 네가 아니라, 봄에 흔들리던 나의 상태였다는 것을. 따뜻해진 공기와 다정해진 풍경, 모든 것이 막 시작될 것 같다는 기분 속에서 나는 사랑을 상상했다. 너는 그 상상의 중심에, 우연히 놓여 있었을 뿐이었다.

봄이 끝나갈 무렵, 나는 조용히 이별을 했다. 고백도, 다툼도 없는 이별이었다. 다만 더 이상 기대하지 않기로, 이유 없이 흔들리지 않기로 마음먹었을 뿐이었다. 이상하게도 슬프지 않았다. 오히려 숨을 고르는 느낌에 가까웠다. 긴 계절을 지나온 사람처럼, 나는 잠시 쉬고 있다.

사람들은 여전히 말한다. 봄은 사랑의 계절이라고. 하지만 나는 안다. 그해 봄에 피었던 것은 사랑이 아

짝사랑이 피던 봄

니라, 사랑처럼 느껴졌던 마음이었다는 것을. 그래서
지금의 나는 그 봄을 미워하지도, 그리워하지도 않는
다. 다만 기억한다.

짝사랑이 피던 봄은,
끝나고 나서야 이름을 알게 된 계절이었다.

짝사랑의 끝

그대 향한 마음의 씨앗

희망차게 싹도 틔우고

무럭무럭 자랐건만

이내 괴로운 비바람 몰아치네

그래도 꿋꿋하게

꽃대가 올라오고

꽃이 활짝 폈다지

꽃을 꺾어 그대에게 줄까 싶었으나

나는 열매 맺는 것을 기다렸네

향긋하게 잘 익은 열매를

그대에게 건넨다

꽃은 시들어버리면 남는 게 없지만

열매는 씨앗이 남지

그대 향한 마음의 씨앗

고이 간직하리

풀내음

하늘마저 풋풋하던 그때 기억나?
봄빛이 묻은 초록빛 바람에
교실 커튼까지 설레어 살랑이는 4월.

청춘이 궁금해 구경 나온 꽃잎 끝,
아슬하게 맺힌 이슬을 따라가다
너와 눈이 마주친 그 순간.

풋사과를 베어먹은 듯해.
스치듯 지나간 짜릿함 끝엔
봄꽃의 향이 심장으로 미끄러져 소란해져.

생경한 감각에,
어쩐지 마음을 다 들켜버린 기분에
쳐다본 하늘.

핑크빛 쌀알 구름들이
여기저기 흐트러진 그 아래,
투명하게 빛난 너와 나.
코를 간지럽히는 푸릇한 풀내음까지
난 다 기억해.

있잖아.
난 그해 봄의 널,
그리고 모든 계절의 널

여전히 좋아하나 봐.

짝사랑이 피던 봄

그해 봄

흐드러지게 핀 벚꽃이

빗방울을 머금고 떨어지던 그날.

유난히 애틋한 꽃잎들이 바람에 흩날리던 그런 날.

조그만 꽃잎을 손으로 잡아보려다

눈이 부딪혀.

손을 스쳐 가는 부드러운 감촉.

우산 속 너야.

나무 아래 꽃비 사이로 보이는 건 분명 너야.

닿지 않았던 우리 사이가

어쩐지 닿을 것만 같은 하루였어.

물에 휩쓸릴까 두려워

짝사랑

기다리기만 했던 시간의 웅덩이를
건너가 보려 손을 내밀어.

꽃잎은 떠내려가고.
거센 바람에 사정없이 흔들리는 나뭇가지.

미안해.
기억이 안 나.

나뭇가지가 부러지고 네 눈이 보이는 순간,
그 눈에 비친 건 비에 젖은 나야.

유난히 아름다웠던 그해 봄.
그 시절의 우리를 놓아야 했던 그해 봄.
나 혼자 미련하게 놓지 못한 이해 봄.

짝사랑이 피던 봄

글월

사랑하는 이여

나는 오늘도 그대를 위해

글을 씁니다.

하얀 종이 위 검은 연필을 들고,

내 마음을 대변하여

한 글자

한 글자

써 내려갑니다.

그대를 사모하는 마음

그대를 존경하는 마음

모두 바람결을 타고 당신에게로 전해지고자 합니다.

짝사랑

그를 만났던 건 인적이 드문 골목길이었습니다.

지옥보다 더 지옥인 집안을 도망쳐 나온 새벽, 폐가

아파질 정도로 뛰고, 또 뛰었습니다.

고장이라도 난 듯 깜빡거리는 그 가로등 밑에서 그를

마주했습니다.

한 손은 담배를, 다른 한 손은 바지 주머니에 찔러 넣

은 채 나를 보았습니다.

그때의 그 무심하면서도 깊은 눈동자를 잊을 수 없습

니다.

그 눈을 본 난 무엇에 울컥했는지, 고장 난 사람처럼

눈물을 쏟아냈습니다.

소리도 못 내고, 꺽꺽거리며 멍청한 소리를 내뱉었습

니다.

그는 손에 들고 있던 담배를 바닥에 버려 발로 비볐

습니다.

담배에 붙은 그 불은 어둠 속으로 사라졌습니다.

그리고 그는 천천히, 하지만 성큼성큼 나에게 왔습니다. 난 그가 오는지도 모르고 상처투성이인 손에 얼굴을 묻고 있었습니다.

그가 내 앞에 선 것이 느껴졌습니다. 하지만, 난 나 자신이 너무 부끄럽고, 형편없이 보여서 차마 얼굴을 들어 그를 마주하지 못했습니다.

그는 손을 들었습니다. 큼지막하고 굳은살이 박인 손. 그 손이 내 머리 위로 올라왔습니다. 그의 손에선 희미한 담배 향이 풍겼습니다. 왜인지 모르게 그 냄새가 역하지 않았습니다.

난 그 손길에 숨을 크게 삼켰습니다. 사람의 온기는 나에겐 너무 낯설게 느껴졌습니다.

그는 서툴게 내 머리를 쓰다듬었습니다. 아니, 헝클어트린다는 말이 더 잘 어울릴 거 같습니다.

난 놀란 나머지 고개를 들어 그를 마주하는 수밖에 없었습니다.

나에게 이런 다정한 온기를 준 건 그가 처음이었거든요. 그의 시선과 나의 시선이 공중에서 마주하였습니다.

그때의 난 추했습니다. 분명히요. 눈물이 범벅된 얼굴, 붉은 눈동자, 군데군데 남아있는 멍과 상처. 나였어도 날 보면 비웃었을 겁니다.

191
짝사랑

그는 내 눈을 깊이 바라보았습니다. 마치 내 모든 걸 보겠다는 듯이.

평소라면 난 그 눈을 피했지만, 이번엔 피할 수 없었습니다.

이유는 모르겠습니다. 그때는 그러고 싶었나 봅니다.

그는 머리를 쓰다듬던 손을 내려 물기 어린 내 눈을 쓸어내렸습니다.

난 나도 모르게 눈을 감았습니다. 그는 내 눈물을 닦아주고, 내 얼굴도

닦아줬습니다. 다시 눈을 뜬 날 보고 그는 낮은 목소리로 말했습니다.

그 말을 들은 난, 눈이 커졌습니다. 내 가슴속 안에서 무언가가 피어올랐습니다. 따스하고 아름다운 무언가가.

그때는 몰랐지만, 지금의 난 알 수 있었습니다.

그 무언가가 사실 사랑이라는 것을.

난 그날 이름도 모르는 그에게 사랑이라는 감정을 느꼈습니다.

그가 안다면 얼마나 우스워 보였을까요.

난 겁이 많습니다. 그래서 난 그날부터 지금까지

아니, 어쩌면 앞으로도 그의 옆에서 맴돌 뿐입니다.

그는 모르겠죠. 밤마다 당신을 떠올리며, 꿈에 나오길

바라는 나를. 그렇다면 계속 몰라주세요.

이런 마음, 당신에게 품을 수는 없으니까요.

당신은 나에겐 과분한 사람이니까요.

그러니 난 오늘도 당신을 보며 살며시 미소를 지으며

당신의 투박한 손길에 당신 몰래 얼굴을 붉히겠지요.

색

당신과 눈이 마주칠 때마다
내 얼굴과 귀는 붉은색이 되고
붉어진 내 얼굴은 좀처럼 돌아오지
않습니다.

당신이 내 앞에 있을 때마다
내 심장도 떨리는지
더 빨리 뜁니다.
'아 -,'
이게 좋아하는 감정인 건가요? 이젠 당신은 나에게
설레는 사람이 아닌,
좋아하는 사람이 되었습니다.

짝사랑

덜컹거리는 버스 안.
나는 창문 너머의
아름다운 풍경도 아니고,

창문 너머의
구름 한 점 없는
푸르른 하늘도 아니고,

난 단지
그대만을 바라보고 있을 뿐입니다.

아름다운 풍경도 아니고,
푸르른 하늘도 아닌,
그대만을 바라보고 있는 이유는

그대가 더 아름답기 때문입니다.

그대는 그런 제 마음을 아시나요?

동백

나의 세상은 온통 너였다는 것을,
네가 아닌 모든 사람이 안다.

인생에서 네가 없던 날을 기억하기 싫을 만큼
너로 꽉 차 있는 내 날이,
다시는 없을 그날이,
행복이었다.

다신 없을 사랑이었다.

내가 아니면 더 눈부시게 빛날 당신이라 고마웠다.

다신 만나지 못할 예쁜 꽃이라,
내겐 다신 오지 못할 봄이었다.

다시는 쳐다보지 못할 만큼 눈이 부시게 예뻤다.

해바라기

내 꽃이 꽃을 입었다.

내게 제일 소중한
그 꽃이 어디 가서도 사랑받길,
쉬이 꺾이지 않기를.

내게 다가온 그림 같은 꽃
꽃이 웃는다.
나를 보고는 웃는다.

가끔 비가 내려도 지금처럼 밝게 웃어주기를
어디 가서도 빛나기를
매일 그렇게 행복하기를

꽃을 입은 내 꽃이
지켜주고 싶게도 소중한 그 꽃이

거센 바람에도

폭풍우에도 끝내 꺾이지 않기를

오늘만큼만 웃어주기를

짝사랑이 피던 봄

아네모네

행복하게 해주겠다고 했는데
당신을 사랑하는게 내 전부라고 했는데
점점, 욕심이 난다.

하루만 더 함께이게 해달라고

내 세상이 당신인 게, 그렇게도 좋았다.
당신 세상에도
내가 있기를 바랐다.

그런 당신이 나를 조금만 더 사랑해 주기를
그렇게도 바랐다.

네가 앞에 있는데
나는 또 다가갈 수가 없다.

울고 있는 당신 앞에 서지 못한다.

당신 또 맘 아파할까,
같이 울어줄 수도 없다.

쉼표의 바다

바다야, 바다야

혹시나
이제는 구겨진 나의 일기장 밑줄에 있는
그 사람의 이름처럼

그 사람의 일기장에도
내 이름이 쓰여있을까.

푸른 파도가
더러운 모래에 잠식되어
검게 물들어버린,

그런 마음을 지니고 있을까.

어리석게도 이제는 검어진,

그런 파도가,
네게도 있을까.

말로 표현할 수 없는,
그 사람의 삐뚤어진 마음을,

마침표로는 끝낼 수 없는,
그런 파도 같은 애정을,

질긴 사랑을,
하고,
있을까,

궁금했어
그 사람의 바다가,
더러운 모래조차도-

그 사람의 거센 파도에,
휩쓸리고 싶었어

아무도 모르는 섬으로,

짝사랑이 피던 봄

파도에 떠내려가서
마침표 따위 없는,

쉼표의,
잠시 끊기지만,
길고 애틋한 사랑이
하고 싶었어

당신이라는 바다 하나로,
나의 마침표가 무너지는,

그런

쉼표의 사랑이.

오후 2시의 미열(微熱)

갑작스러운 봄비가 운동장을 훑고 지나가면 젖은 흙
내음 위로 쏟아지던 4월의 햇살
물기를 머금어 투명해진 네 흰 셔츠 깃이 바람에 펄
럭일 때마다 내 세상은 걷잡을 수 없이 어지러웠다
오래된 자전거 체인이 돌아가는 소리와 내 등 뒤에서
만 들리던 너의 심장 소리가 동일한 리듬으로 겹치던
순간
이어폰 한쪽을 내게 건네던 네 손끝이 닿은 자리에
복숭앗빛 문신처럼 번지던 붉은 온기
"이 노래 좋아해?"
그 무심한 한마디가 내게는 영원을 약속하자는 고백
처럼 들려서
나는 아무 말 못 하고 애꿎은 페달만 힘껏 밟았다
너라는 우주가 내게로 쏟아지던 그 찬란하고 아득했
던 봄날, 오후 2시

밖

나를 지나친 시선을 따라가면

다른 사람과의 웃음

나는 모르는 이야기

너무 알고 싶어

귀를 열거나 다가가기엔

못난 호기심은 용기가 없다

너의 마음은 담벼락이 높고 두꺼워

어렵게 기어 올라가

눈만 내놓고 흘끔거릴 수 있을 뿐

감정을 널어둘 수도 던져볼 수도 없다

흩날리는 벚꽃

말이라도 걸듯 달빛이 선명했던 밤에

내가 아니었다는 자각이

먹구름을 띄웠다

그럼 누구야
탄성은 메아리가 없었고
어깨를 떨군 나는 실패한 도둑이 된다

어루만지며 벽을 따라가면
내 것인 줄 알았던 웃음
너는 모르는 이야기

너를 계속 알고 싶어
마음을 닫거나 돌아가기엔
못난 이기심은 응답이 없다

짝사랑이 피던 봄

열여덟의 여름

 '짝사랑'이랑 가장 잘 어울린다고 생각하는 계절이 있다. 그건 '여름'이다. 십 대를 이미 훌쩍 지나온 나이임에도, 20대의 끝자락을 겨우 지나온 나이임에도 열여덟의 여름만큼은 마치 어제의 장면처럼 눈에 선하다. 수업 시간보다 더 기다린 시간은 옆 반의 그 애가 농구를 하는 점심시간이었다. 하복을 입고 땀을 흘리며 농구공을 튕기는 모습은 주변에 있던 다른 남학생들보다 더 멋있어 보였고, 누구보다 하얀색 셔츠와 네이비 바지의 하복이 가장 잘 어울리는 학생이었다.

 웃긴 건지 슬픈 건지 단 한 번도 나는 그 애와 같은 반이 되어본 적도, 대화를 나눠본 적도 없다. 그저 복도를 지날 때 그 애가 보이기라도 하면 고개를 숙이며 곁눈으로 슬쩍 보고, 급식실에서 식판을 들고 그 애 뒤에 줄을 서보는 게 다였다. 그렇게 그 나이대에만 할 수 있었던 짝사랑을 키워갔다.

 같은 반은 아니었지만, 유일하게 일주일에 3시간. 같은 교실에 앉을 수 있었던 수업이 있었는데, 그건 바로 이동수업 시간이었다. 운 좋게도 나는 그 애와

같은 이과였다. 그래서 생물 과목을 선택한 학생들이 한 교실에 모이는 그 시간이, 그렇게라도 한 곳에 있다는 사실이 그저 좋았다. 하지만 같은 조가 되는 행운은 없었다. 펜을 떨어트렸을 때 뒷자리에 앉아 있던 그 애가 내 펜을 주워서 건네주었던 정도. 딱 그만큼이었다. 나는 필사적으로 좋아하는 마음을 꽁꽁 숨겼다. 같은 반 가장 친한 여자친구들만 아는 우리들만의 비밀. 뒤에서 몰래 설레며 미소 지었다.

뭐랄까, 그 시절, 그때는 그를 향한 나의 마음을 그 애가 절대 알면 안 된다고 생각했던 것 같다. 친구도, 같은 반도 아닌 그 애가 혹시라도 이런 내 마음을 알게 되더라도 관심 없었을지 모르지만 말이다. 알게 된다면 나의 소중한 마음까지 사라질 것 같은 기분. 힘들고 지치는 이 열여덟을 버틸 수 없을 것만 같은 기분. 그땐 그런 기분이었다. 혼자만 좋아하고 싶은 마음. 알리지 않고 조용히 간직하고 싶은 간질거림.

시간이 흘러 고등학교를 졸업하고 1년의 재수 생활을 끝낸 후 비로소 대학생이 되었을 때, 우연히 동네 카페에서 알바를 하고 있는 그 친구를 보게 되었다. 마치 모든 것이 장난이었던 것처럼 그때의 설렘은 온데간데없었다. '내가 이 친구를 왜 좋아했던 거지?'라

짝사랑이 피던 봄

는 마음까지 들었다.

한 손에 커피를 들고 카페를 나오며 조금은 다행이라고 생각했던 것 같다. 서로 말을 하던 사이가 아니어서 이 순간을 어색하지 않게 넘길 수 있었다. 그저 손님과 종업원으로서.

내 마음을 알리지 않았던 과거의 나에게 잘했다고 칭찬해 주었다.

그래도 복도 창문으로 농구 코트를 바라보며 수줍어하던 열여덟의 여름을 지우고 싶지는 않다. 그때는 그 설렘이 나의 하루하루를 위로해 주고, 밝게 빛나게 해주었으니깐.

지금도 초록이 무성한 여름이 오면 가끔 그때의 여름을 떠올린다. 그 친구가 메고 다녔던 파란색 가방을 바라보며 등교하던 아침이 눈앞에 펼쳐진다. 잠에서 덜 깬 나의 아침을 들뜨게 했던 등굣길. 교실로 들어오자마자 오늘도 그 애와 함께 등교를 했다며 친구들과 소란스럽게 아침을 열던 나의 열여덟 여름. 어쩌면 나는 그런 감정으로 하루에도 몇 번씩 롤러코스터를 타던 그때의 내가 그리워, 여름에 한 짝사랑을 핑계로 자주 재생해 보는 단편영화 한 편인지도 모르겠다.

3달만 더 너를

반년이다
지금까지 널 좋아한 게
5월의 체육대회, 처음으로 너의 웃음을 본 이후
반년 동안 널 좋아했다

3달이다
앞으로 널 좋아할 것이
2월의 졸업, 마지막으로 너의 웃음을 본 이후
9달 동안 널 좋아했다

짝사랑이 피던 봄

우연의 조각

억지스러운 우연을 만들려 했다
평소 다니지 않던 길도 걸어보고
왔던 곳을 되돌아가기도 한다

그러다 어느 날
너를 마주하게 되면
우연인 듯
부자연스러운 미소를 짓는다
잘 가, 다음에 또 만나

시린 계절 몇 번을 스쳐도
너는 모르겠지
한 번의 우연을 위해
매일을 조각하는 나를

용기

당신을 위해 떠올린 말들은
용기라는 벽에 막혀
끝끝내 전달되지 못하고

그저 혼잣말로 쓸쓸히 꺼내 보이는 진심은
그렇게 허공에 흩어져 버릴 뿐

결국 전달되지 못한 말들은
당신을 바라보는 저의 눈빛과
희미하게 웃어 보이는 얼굴로

아주 천천히
당신에게로 걸어갑니다

관심

뼛속 깊이 스며드는 차디찬 바람에
손끝이 아려와도
기어코 손을 내어놓고 마는 행동을
당신은 이해하십니까

언젠가 당신이 저의 손을 잡아 올 때
언제나 건네주던 그 문장이
가슴 깊이 얼어붙은 심장을 녹여줌을
당신은 알고 있습니까

당신의 그 찰나의 관심에
간질간질해지는 마음이 너무도 좋아서
또다시 손을 내어놓고 마는 저를
당신은 이해하십니까

위성

닿을 수 없음을 알면서도
아름다운 색을 가진 너의 미소가
나를 향하기를 기대한다.

왜 나는 너와 가까워지지 못할까

너는 왜 너에게 향하지 않는
그를 바라볼까
나는 왜 나에게 향하지 않는
너를 바라볼까

정말 눈부시게 빛나는 그 사람을 향한
그 시선을 돌려 나를 발견해 주기를

너의 뒤에 있는 나라는 위성을 봐주길
너라는 지구가 얼마나 아름다운지 알아차리길

너와의 거리 100미터 전

봄이 왔고
너를 봤다

내 가슴 속에 피어난 꽃 한 송이가 눈앞에 보이자
난 불꽃같이 피어오르는 두근거림에 정신을 못차리
겠다

사랑은 부드러운 분홍색이라는데
불꽃은 열정의 붉은색

두 색깔을 섞으면 더 밝은 꽃분홍색이 된다
하지만 내가 원하는 건 진한 꽃분홍색이다

색깔을 진하게 만들고 싶다면 용기 내어 고백해야 하고
짝사랑으로 끝나고 싶지 않다면 진실한 사랑을 만들
어야 한다

안돼 거기서
멀어지지 마

나 너에게 하고픈 말 있다니까
잠시만 그 자리에서 멈춰줘

마음대로 벚꽃

오늘도 마음대로
짝사랑

뭐라 해도 내 맘대로
맞사랑

꽃이 피는 계절, 마음대로
우리의 미래를 그려본다.

파란 하늘 아래
분홍빛인 듯
아닌 듯

혼자서 우리의 벚꽃을
피워본다.

연필로 표현할 수 없는

나의 벚꽃을

붓으로도 표현할 수 없는

나의 벚꽃을

입으로 너에게

표현해 본다.

"나, 너 좋아하나 봐."

"뭐라고?"

"아니야"

가정법

if절에 너를 걸었다.

if절속에 너와 나를 감춘 채 둘의 미래를 상상했다.

만약 네가 나를 사랑했다면

만약 내가 너의 고통을 알았더라면

만약 우리가 사랑에 익숙했다면

우리는 지금 사랑하고 있을까.

if절속에 이루어질 수 없는 사랑을 담은 채 나의 펜은

슬프게 춤추고 있었다.

당신에게 피어올라

봄의 하루를 보내고 있을 당신에게

좋아합니다.
맥락 없이 첫 문장부터 고백이라니, 어리석어 보이겠
지만 당신을 생각하니 한마디를 참을 수 없었습니다.

처음 본 순간부터 당신의 눈동자 속에 잠식되었습니다.
이런 걸 보고 첫눈에 반했다고 하는 걸까요.
당신의 눈동자 속 세상을 엿볼 땐 항상 가슴이 뛰었
습니다.

당신의 세상에선 항상 볼 수 없는 무언가가 반짝이고
있었습니다.

당신의 세상에선 다른 이에게는 보이지 않을 것을 항
상 밝게 비추고 있었습니다.

봄의 꽃이 핀 듯한 분홍빛을 띠는 당신의 볼이 좋습
니다.
당신의 삐뚤어진 눈썹이 좋습니다.
당신이 웃을 때면 수줍게 패는 보조개가 좋습니다.
당신의 왼쪽 볼 아래 고개 내민 동그란 흉터가 좋습
니다.

당신이 좋습니다.
당신은 나의 입춘에 불어오는 시원한 바람과도 같습
니다.
근심·걱정을 무심하게 털어주는, 그런 바람.

당신을 사랑합니다.
사랑이라는 무거운 말을 당신에겐 스스럼없이 꺼내
어 보여줄 수 있을 만큼.

당신을 볼 때면 가슴 언저리 깊은 곳에서부터 온몸으
로 꽃의 개화가 일어납니다.
계절을 불문하고 절대 시들지 않을
당신을 향한 세상엔 없는 영생의 꽃이.

그런 나의 사랑 가득 담은 꽃이.

피어오릅니다.

그대 내 영생의 꽃이 돼 주오.

그대 내 영원한 사랑이 돼 주오.

영영 우리의 불씨가 꺼지지 않도록.

영영 봄의 순간이 이어질 수 있도록.

과거에도, 지금도, 미래에도 당신을 생각할 T가

짝사랑이 피던 봄

기차가 오지 않는 기차역에서

당신과 끝을 마주해 유난히 따뜻했던 봄 지나온 세상
하얀 겨울 되어도
당신과 함께 있던 꽃 피는 순간 끊이지 않는 봄의 자
리에서
나 영원히 기다릴 테지.

당신, 수차례 많은 계절을 겪을 테지만
당신, 수차례 많은 사랑을 겪을 테지만
나 여기서 영원히 멈춰 있을 테지.

내 앞에 많은 인연이 지나갈 테지만
내 앞에 수차례 많은 해가 질 테지만
나 여기서 영원히 그대를 기다릴 테지.

마치
기차가 오지 않는 기차역에서

마치

벗꽃이 피지 않는 봄의 순간에서

사랑의 정의를 묻는 방식

후회했습니까?
어쩌면 조금은,

되돌리고 싶습니까?
아마 같은 실수를 반복할 테죠.
그래도 그와 함께했던 순간을 반복할 수 있다면
그에게 사랑을 속삭일 수 있다면....
모르겠습니다.

그를 사랑합니까?
예, 그의 눈동자에 비치는 모든 순간을
그의 세상을
그를 사랑했습니다.

왜 사랑했습니까?
글쎄요, 아마 취향이 확고한 사람이었기 때문일까요.

제겐 없는 조각을 갖고 있었기 때문일까요.
어쩌면 그냥 그였기 때문일까요.

사랑이란 너무 작은 틀이 아닐까요.
그에게 빠져들고
그에 의해 모든 것을 잃은 듯 울다가도
또 아무렇지 않게 사랑하다
떨리는 손으로 가시 잔뜩 세운 장미꽃 한 송이를 전
하는

이 모든 순간을 사랑이라는 두 글자로 정의하기엔
턱 없이 부족하지 않을까요.

그의 모든 것들에 대한 나의 감정을
그를 바라보던 나의 시선을
그의 사계절을
그와 꿈꾼 환상을
'사랑'이라고만 하기에는
너무 진부하지 않을까요.

사랑하고 싶습니까?

짝사랑이 피던 봄

아직 사랑합니까?
사랑의 끝은 무엇입니까?
결혼? 이별? 또는 죽음?

난 아직 모르겠습니다.
사랑이란 너무 깊습니다.
사랑이란 너무나도 어렵습니다.

난 아직도 너무 서툴러서
난 아직도 너무 어려서
어리석게도 사랑에 빠졌습니다.

아플 걸 알면서
제 발로 장미 가시에 뛰어드는 꼴이라는 것을 알면서

하필 그때 장미가 피어오르는 모습은
너무나 아름다웠습니다.

짝사랑

작품명 "짝사랑"

하얀 스케치북 위
실수로 쏟은 물감

지우려 해도
덧칠을 해도
점점 망쳐가던 그림

네가 오자 그림이 보일까
황급히 숨긴 나

나는 고개를 푹 숙이고
전시했다 그림을

나에게 속삭였다
내 그림을 보더니 밝게 미소지는 넌
이미 다 알고 있다면서

작품명 "짝사랑"

다시 보니 멋있는 거 같기도 하다

잉크

물 위에 떨어진 검은 잉크

퍼져나간 잉크
너로 물들여지며
나에게 스며들었다

퍼져나간 잉크 속 점점 가라앉아가는 나
이루어질 수 없다는 걸 알기에
애써 빠져나오려
발버둥을 쳐도
너에게 나는 사로잡혔다

이루어질 수 없기에 마음을 버리자
물은 맑아졌다
맑아졌지만
나는 아직 잉크 속에서 나오지 못하였다

어떤 마음에 대하여

불명의 다정에게.

나는, 오늘도 닿지 않을 편지를 씁니다. 오늘 밤 꿈에도 당신이 나왔기 때문입니다. 편지를 쓰는 8할의 이유입니다. 어떻게 해야 떨칠 수 있을지 생각하다가 혼자라도 애태우지 않으면 안 되겠다 생각해 빈 편지지를 한 장 꺼내 들었습니다. 수취인 불명, 발송인 불명, 주소지 불명입니다.

편지를 쓰며 생각해 보았습니다. 왜 그날의 나는 한마디도 하지 못했는지. 결론에 다다르니 섣부른 -하지만 그때는 너무나도 완벽했던- 판단이 떠올랐습니다. 이해입니다. 당신이 나를 이해하지 못할 것이라며 미리부터 정해놓았고, 그것이 낫다고 여겼습니다. 마음을 숨기는 일만으로도 서로가 불편할 일이 없을 것이라는, 속 뻔히 보이는 그 거짓말이 내가 어른으로서 할 수 있는 가장 최선의 방법이었습니다.

당신이 나를 이해할 가능성은 0에 수렴했습니다. 그렇기에 더는 우리에게서 일말의 가능성을 볼 수가 없었습니다. 한 치 앞에 있는 것을 보지 않으려고 하자 차라리 마음이 편해졌습니다. 알아도 모르는 척하는 일에는 도가 텄고 몰라도 아는 척, 어차피 안될 일이었다며 넘기는 일에도 도가 터버렸습니다.

그러나, 당신이 궁금하고 안부를 묻고 싶습니다. 요즘에는 잘 자는지, 조금만이라도 무슨 일이 생기면 당신을 덮치던 두통은 괜찮은지. 두통이 생길만큼의 일이 당신에게 자주 있는지.

할 수 없다는 걸 압니다. 그건 타인의 몫이겠고 때로는 당신의 몫일 겁니다. 어디에도 내 자리는 없다는 걸 잘 알아서 점점 나는 등을 떠밉니다. 자꾸 나를 비집고 들어오려고 하는 당신을 밀어냅니다.

기대와 희망을 종이 접듯 하도 접었다 펴서 이제는 너덜거립니다. 수백 번 접고 폈던 선 따라 구겨지고 얇게 일어난 마음이 찢어질 듯 힘이 다 빠졌습니다. 건드리면 찢길까 애써 외면해 왔던 마음이 가끔 바람을 맞아 펄럭거립니다. 바람이 코끝을 스치는 것이 익숙해질 때마다 힘없이 펄럭입니다.

당신이 내게 행했던 다정의 향기일 것입니다. 누군

짝사랑이 피던 봄

가는 '호의' 정도의 단어로 치부되고 말았을 행동들이 나에겐 어찌 그리도 컸을까요. 나는 그것들을 아름답게 포장하고 미화하여 이따금씩 삶이 팍팍하고 목이 콱 막히고 다정이 급히 필요하다 싶을 때 꺼내보며 추억에 대한 정의를 내립니다.

세상은 각박했고 나는 그만큼이나 메말라 있었고, 그때 하필 당신이 있었습니다. 시름시름 하는 내게 괜찮냐며 물었습니다. 때로는 해맑게 웃어 걱정마저 다 날아가게 해버리던 당신의 아무것도 아니던 재주를 나는 너무나 눈여겨보았던 탓일까요?

이 모든 걸 당신은 기억하지 못한다는 사실이 모순임에 틀림이 없습니다. 이리도 짙게 향수를 남겨놓고 정작 본인은 기억하지 못한다니, 이보다 더한 모순이 어디 있나요. 그러나 나는 그 모순마저 그러려니 하며 받아들입니다. 아주 일반적인 일이니까요.

그 모순을 당신은 몰라도 된다고 생각합니다. 다만 나에게 지독한 모순을 남겨놓은 당신을 원망하지는 않으며, 내가 자꾸만 눈에 걸리게 만들고 싶지도 않으며 그 모순을 깨부셔라 강요하고 싶지도 않습니다.

이렇게 닿을 수 없는 편지를 쓰는 까닭은, 다시 한번 더 내 마음을 풀어헤치려고 입니다. 꿈에 당신이 나올

때마다 어찌할 수 없어 싱숭생숭해지던 마음을 가라앉히는 작업을 해봅니다. 쌓아둔 편지지가 많습니다. 당신이 또 꿈에 나왔다는 이야기겠죠.

오늘도 새벽이 깊고, 당신의 목소리가 떠오릅니다. 다만 바라는 것은 영원히 줄곧 당신이 그곳에서 빛나는 것입니다. 멀리서나마 당신의 빛을 보고 아, 잘 지내는구나 내가 안도할 수 있도록 말입니다. 나는 오늘도 편지 수십 장을 쌓습니다. 그곳에 닿을 수 있도록.

산코이나리 신사에 갈까요.

　내가 그 애를 하루에 절반밖에 생각하지 않게 된 것은 올해 가을쯤이었다.

　타오르던 여름이 지나고, 숨통이 겨우 트일 바람이 스치는 가을이다. 계절이 바뀜을 증명이라도 하듯 서서히 입가가 트기 시작했다. 나는 당연하게도 그 애가 자주 쓰던 립밤의 향이 떠올랐다. 가방 한구석 어딘가에 처박혀 있을 립밤을 찾아 바른다. 거칠게 말라버린 입술에서 비릿한 피 맛이 났다. 하도 방치한 덕이다.
　입술을 맞물려 립밤을 골고루 바른 다음, 손바닥만 한 가방 속에 대충 다시 집어넣었다. 찾으려면 또 한 세월이 걸릴까 싶었지만 아무래도 상관없었다. 손을 넣어 휘저어 봤자 거기서 거기다. 어찌 되었든 손에 잡힐 것이니.
　나는 가방을 고쳐 매고 가파른 계단을 연거푸 올랐다. 양옆으로 길게 드리워진 기둥, 그곳에 걸려있는

팻말에는 익숙하지 않은 언어들이 적혀있다. 어설프게 몇 글자 읽히는 히라가나, 한자는 이곳이 사랑과 인연을 비는 신사임을 알려준다.

산코이나리 신사. 나고야 근교 이누야마 성 근처에 있는 이 작은 곳은 예상과 달리 사람이 얼추 붐비는 곳이었다. 작은 여우상 몇 개와 다닥다닥 붙어있는 분홍색 하트모양의 소원 판들, 초즈야(手水舍)... 온통 뭇사람들의 소원으로 가득하다.

사람들은 소원 석을 들고 무언가를 간절하게 기도드리기도 했고, 동전을 우물 안에 던져넣기도 했으며 진지한 얼굴로 소원 판에 제 소원을 한 글자 한 글자 정성 들여 써넣기도 했다. 내놓은 마음을 거는 손길들이 하나같이 조심스러웠다. 뿌듯한 얼굴로 짓는 미소까지 어쩐지 내 것 같아 조용히 따라 웃어본다.

나는 근처 가판대로 가 그들과 똑같은 소원 판을 하나 산 뒤 근처에 있던 펜을 집어 들어 한국어로 소원을 내려쓴다. 웅성이는 가운데 학생들의 까르르하는 웃음소리가 들려왔다. 좋을 때다 생각하며 꾹꾹 쓴 내 소원에 입으로 바람을 불어 사인펜을 정성스럽게 말렸다.

[오늘은 달빛이 환히 비추게 해주세요.]

달이 예쁘다는 핑계로 그 애를 만날 수 있지 않을까 했다. 여기까지 생각하다가 피식 웃었다. 결국 절반은 네 생각이구나. 몸이 멀어지면 맘도 멀어진다는 옛말이 통하기는 정말 옛날이다. 예전이야 안 보고 살면 그만이라지만 요즘은 흔적이 안 닿기도 어렵다.

그 때문인지 몰라도 그 애 생각을 아주 하지 않으려면 내게는 꽤 긴 시간이 필요하다는 걸 깨달았다. 스쳐 지나가는 친구들의 SNS 게시물에도 종종 그 애가 보였고, 메신저의 친구 목록에도 이따금 보였기 때문이다. 요즘 같은 세상에서 누군가를 지워버리기란 참 어려운 일이다.

그 애를 못 보게 되었을 때가 봄쯤이었나. 서둘러 진행된 이별은 여운을 남길만한 건덕지도 주지 않았으며 그것마저도 내 몫이었다. 나는 아주는 아니더라도 절반 정도는 그 애를 잊으려고 애쓰고 있었다. 되지도 않을 인연을 붙잡는 것도 예의는 아니라고 여겼기에. 그 애가 유학을 간다고 했을 때, 나는 어디로 가냐고 묻지 않았다.

"잘됐다."

그 외엔 일절 아무 말도 하지 않았다. 대체 무엇이 잘된 일이었을까. 당시 한숨을 쉬듯 터져 나온 말에 그 애는 서운한 티를 내었지만 나는 일부러 등을 떠밀고 서서히 연락을 줄여갔다. 네가 눈앞에 없어 숨도 못 쉬겠다가도 네가 눈앞에 없어 숨을 좀 쉴만한 날들이 계속되었다.

마음만 먹으면, 버튼 하나만 누르면 연락이 닿는 시대에 어딘가 이상하지 않은가. 대체 무엇이 그 손짓 하나를 철벽처럼 막고 있었던가. 사실 알고 있었을지도 모른다. 애진작에 끊어졌을 연을 지금 끊어도 나쁠 건 없다고 생각하며 매번 메신저창을 들여다보기만 한 것도 수년째, 결국 일본까지 와있다.

그 애가 가던 날 속상해서 공항에도 마중을 안 갔으면서 이제서야 뒤쫓아오다니, 늦어도 한참 늦었다. 아마, 너도 나만큼이나 속상했을지도 모른다. 아니, 그러길 바랐다.

회상이 길었다. 꿈에서 빠져나오듯 초점 잃은 눈을 다시 소원 판으로 고정한 나는 마침표를 찍어 마무리하고 수많은 소원 판들 사이에 내 것을 뒤집어 걸었

짝사랑이 피던 봄

다. 소원 판을 한번 만지작거린 뒤에, 괜히 옆에 세워진 여우상에 꾸벅 머리를 숙여본다.

타국의 신사, 타국의 신. 무엇도 미더운 것이 없었으나 그런대로 재미있었다. 적어도 유튜브 타로나 온라인 어플 타로, 신점보다는 나을 것 같은 기분이었다. 그땐 그게 뭐라고 그 결과에 좌지우지 당했는지, 돌아보면 우스운 것들뿐이다. 그토록 간절했었다는 말의 반증일까.

나는 알고 있다. 그런 점, 타로 따위 보지 않아도 눈과 손길의 온도가 더 정확하다는 것을. 그럼에도 불구하고 외면하고 싶은 게 있다는 것을. 같이 밥을 먹으러 가면 항상 네 쪽으로 읽기 쉽게 놓인 메뉴판, 여즉 기억 못 하는 내 커피 취향, 침묵. 읊으라면 백 가지도 더 읊을 수 있었다. 문제는 그 반대도 가능하다는 사실이다. 아프다는 말에 사다 준 죽, 잘 자라는 말 한마디...

그리고 알고 있다. 여기서 조금만 더 내려가면 네가 일하는 곳이 있다는 걸. 이곳에서 더 움직이지 못하는 것은 이게 내가 할 수 있는 최선의 배려이기 때문이다. 나를 위해서이다.

-

날이 밝을 때 도착했던 신사에 해가 뉘엿뉘엿 저물

때까지 머물러있었다. 발이라도 묶인 것처럼 나는 꽤 오랜 시간 동안 고민했다. 그 애가 있는 곳까지 가는 게 어려운 일은 아니었지만, 마음으로는 그곳이 천 리 길이라도 되는 듯 망설여졌다. 결국에 속이 복잡해져 다시 에마가 걸려있는 곳으로 갔다. 터벅터벅 걸으며 걸려있는 소원 판을 하나하나씩 읽어보았다. 뒤적거릴 때마다 판때기에서 달그락거리는 소리가 들렸다.

일본어를 못하는 내가 읽을 수 있는 건 몇 개 없었다. 그마저도 あい나, こい로 쓰인 소원들. 결국엔 사랑한다, 좋아한다는 말들일 테지. 이렇게도 사랑이 가득한 세상이었나?

툭툭 몇 개의 소원 판을 건드려본다. 군데군데 사인펜 잉크가 번진 판, 그림이 그려진 판... 몇개쯤 읽었을 때일까. 마지막으로 내 것을 제외하고 뒤집힌 소원 판 하나를 검지 손가락으로 무심결에 제자리로 돌려놓는 순간, 지루함에 점점 안광을 잃어가던 눈이 제대로 어딘가에 머무르기 시작했다. 심장이 잘게 뛰기 시작했다.

[우리 미지에게 달빛이 닿기를 바라요]

미지, 내 이름, 그리고 한국어.

　침착할 수가 없었다. 내 이름 미지를 한국어로 부를 사람은 몇 없다. ㅎ을 특이하게 쓰던 그 애의 글씨체, 항상 내 이름 앞에 '우리'를 붙이던 그 애의 습관까지. 머릿속이 어지러워졌다.

　나는 내 이름이 적힌 소원 판을 몇 분이고 들여다보고 있었다. 혹시나, 혹시나, 하는 생각이 자꾸만 들었다. 미미하게 떨리는 손을 진정시키고 지도 어플에 그 애가 일하는 곳을 다시 한번 검색한다. 1km도 떨어지지 않은 곳이다. 10분도 채 안 걸릴 거리.

　그러나 확신이 없었다. 미지라는 이름이 나 하나뿐인가. 한국어를 쓰는 사람이 개 하나뿐인가. 이걸 읽는 와중에도 '너는 항상 나를 헷갈리게 하는구나'라는 생각이 들어 이내 두근거림이 삯아늘기 시작했다. -만약 너라면- 달빛이 내게 닿았으면 좋겠다고 하는 그 말이 "좋은 사람 만났으면 해." 정도의 의미로 들려 더 숙연해졌다.

　그 애는 좋은 사람이었다. 좋은 사람이다. 먼 타지에서도 내 행복을 빌어줄 정도로. 휘황찬란한 달빛이 내게 닿았으면 좋겠다고 말할 정도로 좋은 사람이다. 아

마 그 애는 모르는 것 같지만, 적어도 내게는 그러했
다.

낡아버린 소원 판을 만지작거렸다. 시간과 바람을
정통으로 맞은 나무판의 결이 고스란히 손 마디마디
에 느껴졌다. 꽤 오랜 시간이 지난 걸 알 수 있었다.
이미 색이 바랜 마음이라는 것도 어림컨데 짐작이 가
능했다. 너는 이걸 쓰며 무슨 생각을 했을까. 내 행복
과 안위를 빌어주는 그 심정이 미어졌을까? 당장이라
도 달려가 물어보고 싶었다.

나는 달려가는 대신 심호흡을 크게 한번 했다. 핸드
폰을 꺼내어 자판 위에서 한참 손가락을 헤매다가 그
애가 일하는 가게의 번호를 꾹꾹 눌렀다. 뚜르르, 신
호음이 가더니 찰칵, 하고 전화가 연결되었다.

"お電話ありがとうございます(전화주셔서 감사합
니다.)"
"…"
"…お電話あ…(…전화주셔서 감…)"
"…여보세요."
"…아. 아, 한국분이세요? 네 안녕하세요, 베이커리입
니다."

짝사랑이 피던 봄

그 애의 목소리였다. 한참 입술을 깨물었다. 대책이 없었다. 뭐라 말할 걸 생각하고 전화를 건 것은 아니었기에 바지에 손바닥을 연신 닦아내며 침묵했다. 자꾸 땀이 배었다.

“…”

뚝, 전화를 끊었다. 도저히 더 말을 이을 수가 없었다.

전화를 끊고 나서도 심장이 요동쳤다. 어쩐지 비실비실 웃음이 튀어나왔다. 목소리를 한번 듣고 나니 이제 갈무리가 될 것 같았다. 머리를 쓸어 넘기고는 혼자 웃었다. 으아-하고 탄식도 뱉어보고 제자리에서 동동 발을 구르기도 했다. 너를 향한 짝사랑의 안녕이었다.

그러다 한숨을 한번 쉬고 하늘을 올려다보았다. 어쩜 그 애와 있을 때 달이 한번 예쁘게 뜨지를 않았을까. 그래서 달이 예쁘다는 소리 한번 못했다. 뭉그적거리다가 쓸데없는 소리만 늘어놓았다. 혹시나 네가 달이 예쁘지 않다고, 무슨 소리냐고 할까 봐. 늘 나에

게 칭찬 일색이던 너이지만 저 말만은 왜인지 퉁명스
레 대답할 거 같아서.

연신 달을 눈에 담던 나는 가만히 그 애의 소원판과
내 소원 판을 하나씩 사진 찍었다. 그리고 내 소원 판
을 도로 끄집어내어 가방 깊숙이 집어넣었다. 이거면
됐다는 생각이 들었다.

대신 저벅저벅 우물 앞으로 걸어가 5엔짜리 동전을
하나 집어넣고 조용히 손을 모았다. 좋은 인연이 되게
해주세요. 그 애에게 내가, 좋은 인연으로 남았으면
좋겠어요. 언젠가 빛이 닳으면 끝나버린 그럴 사이가
아니라, 오래도록 은은하게 곁에서 서성거려 좋은 추
억으로 남을 그런 인연으로 말이에요.

기도를 마친 나는 이제 이곳을 나가야겠다고 생각
하며 걸음을 옮겼다. 저 밑까지 이어진 붉은 도리이
(鳥居) 길을 천천히 따라 걷는다. 이따금 돌이 신발에
차이는 소리, 풀이 스치는 소리, 바람에 나무판이 달
그락거리는 소리가 들린다. 가방끈을 꼬옥 쥐고 고개
를 들어보았다. 아, 오늘은 달이 예쁘게도 떴다.

"月が綺麗ですね...(츠키가 키레이데스네)."

애석하게도 너를 만나면 하려고 연습했던 일본어이다. 이젠 일본어는 능숙할 테니 너도 이 정도는 알아들을 테지. 속으로 희미하게 웃었다. 갈무리하지 못한 마음이 삐져나오는 걸 막으려 조심했던 날들이 떠올랐다. 두어 번 더 중얼거린다. 츠키가 키레이데스네.

달이 예쁘다. 달이 너무나도 예쁜 날이다.

너를 봐

반짝이는 밤하늘의 별을 봐
정말 청초하네

오뚝한 산의 풍경을 봐
정말 우아하네

불그스름한 황혼을 봐
정말 곱네

아름답잖아
내가 바라보는 모든 게

그렇지?

눈꽃

잡았다

수놓은 눈꽃들 사이
유독 깨끗해 보이던 눈꽃 한 송이를
차디찬 두 손으로 포근히 덮어 데려간다

꽝꽝 얼어버린 길을 어정쩡한 채 지나며
볼록 튀어나온 보도블록을 아찔하게 피하고
펑펑 내려앉는 눈꽃들을 애써가며 맞아가니

다 왔다

그럼에도 마지막 발자국만을 남겨두고
움찔거리기만 하는 연유는
애석하게도 여전히 차디찬 두 손이라며

나를 위로하거나
눈꽃의 쓰린 마음을 토닥여주었다

봄, 배달합니다

어느 봄날 아침, 학교 전체가 시끌벅적하다. 교문을 들어서기도 전부터 아이들의 대화 주제는 이미 정해져 있는 듯했다. 교실 문을 열자마자 단짝 친구인 지수가 기다렸다는 듯 설의 팔을 붙잡고 방방 뛰며 소리쳤다.

"유설!! 들었어? 서도하, 재 또 꽃 받았대!'

교실 창가 쪽, 아이들에게 둘러싸인 채 곤란한 듯 웃고 있는 도하의 책상 위에는 작은 '프리지아' 화분이 놓여 있었다. 노란 꽃잎이 아침 햇살을 받아 눈부시게 빛났다.

이것은 작년부터 이 학교의 명물이 된 '봄, 배달합니다'라는 익명 서비스의 결과물이다. 작년 봄, 학교 커뮤니티인 '대전(일명 대신 전해드립니다)'에 짧은 포스터와 함께 의뢰 링크가 올라왔을 때만 해도 다들 장난인 줄 알았다. 하지만 꽃을 받은 아이들이 하나둘 늘어나면서 분위기는 반전되었다.

누가 누구에게 보냈는지보다 더 중요한 것은 그 꽃
에 담긴 의미였다. 자나 장미를 받은 아이는 수줍은
고백에 얼굴을 붉혔고, 안개초를 받은 친구들은 서로
의 손을 맞잡으며 화해했다. 봄이라는 계절적 한계 때
문에 생화가 없을 때는 압화 책갈피나 꽃이 그려진
굿즈가 배달되기도 했다.

그리고 그 모든 배달의 중심에는, 누구에게도 말하지
못한 채 이른 새벽과 늦은 밤을 달리는 설이 있었다.

설이 도하를 마음에 품게 된 건 작년 입학식 날이었
다. 낯선 학교 건물 사이에서 길을 잃고 멍하니 서 있
던 설에게 가장 먼저 손을 내민 건 도하였다.

"길 잃었어? 나도 1학년 교실가는데 같이 갈래?"

햇살을 등지고 환하게 웃던 도하의 모습은 설의 마
음속에 강렬한 잔상을 남겼다. 도하는 그 후로도 늘 반
짝이는 사람이었다. 학생회 활동은 물론, 체육 대회든
축제든 늘 가장 앞장서서 활약하는 인기남. 설은 멀리
서 그를 바라보는 것만으로 만족해야 했다. 다가가기
엔 그는 너무 멀리 있었고, 자신은 너무 평범했다.

'나 같은 애가 좋아한다고 하면, 부담스러워하지 않
을까?'

전하지 못한 진심이 마음속에 쌓여 화농이 질 무렵,

설은 결심했다. 내 마음을 전할 용기가 없다면, 다른 사람들의 진심이라도 대신 전해주자고. 그렇게 시작된 '봄, 배달합니다'는 설에게 있어 도하에게로 향하는 유일하고도 비밀스러운 통로가 되었다.

설의 일과는 남들보다 일찍 시작되거나 늦게 끝났다. 의뢰가 들어오면 자신만의 하우스에서 가장 상태가 좋은 꽃을 골랐다.

전하고 싶은 메시지에 맞춰 가장 비슷한 꽃말을 가진 꽃을 선정하고 정성스럽게 엽서를 적었다. 엽서 모퉁이에는 그 꽃의 세밀화를 직접 그려 넣었다. 보낸 이가 누구인지는 철저히 비밀에 부쳤다. (공개하고 싶은 경우 공개가 가능하다. 대신 익명은 몇 번째 의뢰인지 번호로 적어넣었다.) 심지어 지수조차 설이 이 일의 주인공이라는 것을 정확히 알지 못했다. 그저 '설이가 꽃을 좋아해서 잘 아나 보다' 정도로만 짐작할 뿐이었다.

"설아, 도하가 받은 프리지아 꽃말이 뭐야? 애들이 다 궁금해해."

지수의 물음에 설이 낮은 목소리로 대답했다.

"프리지아는… '당신의 시작을 응원해'라는 뜻도 있고, '천진난만함'이라는 뜻도 있어. 그리고 무엇보다

짝사랑이 피던 봄

'당신의 앞날이 영원히 빛나길' 바란다는 의미를 가지고 있어"

그건 설이 도하에게 하고 싶었던 가장 진실된 고백이었다. 고2가 되어 새로운 반에서 적응하느라 애쓰는 도하를 향한 응원. 그것이 설이 가장 전하고 싶은 말이었다

사실 도하는 알고 있었다.

작년 늦은 봄, 야자(일명 야간자율학습)가 끝나고 두고 온 것이 있어 교실로 돌아가던 중 빈 교실 책상 위에 조심스럽게 꽃다발을 내려놓고 황급히 복도를 달려 나가던 뒷모습을 보았다. 창문에 비친 복도등의 불빛 사이로 흩날리던 긴 머리카락과, 숨을 몰아쉬며 얼굴이 발그레해진 설의 얼굴을 도하는 똑똑히 기억하고 있었다.

'남의 마음을 대신 전해주다니. 참 멋진 일을 하네.'

처음엔 호기심이었다. 하지만 시간이 지날수록 도하의 시선은 자꾸만 설을 향했다. 조용히 책을 읽고 있는 모습, 지수와 장난치며 웃는 모습, 그리고 누군가의 의뢰를 받고 진지하게 꽃을 고르고 있을 그 보이지 않는 시간들까지 궁금해졌다.

오늘 아침, 자신의 책상 위에 얌전히 놓인 노란 프리

짝사랑

지아를 마주한 순간 도하는 직감했다. 그동안 자신이 받았던, 혹은 다른 친구들이 받았던 화분, 엽서와 다르다는 걸 느꼈다. 다른 꽃 화분이나 엽서들보다도 훨씬 더 깊은 진심, 그리고 한 땀 한 땀 공을 들인 손길이 닿아 있다는 것을 말이다. 엽서 모퉁이에 정갈하게 그려진 작은 꽃 그림과 정성스레 눌러쓴 글자들을 가만히 내려다보던 도하의 마음속에 문득 한 얼굴이 스쳤다.

'혹시 설이가 나한테 하고 싶은 말인가?'

그것은 단순한 추측이라기보다 간절한 기대에 가까웠다. 남의 마음을 대신 전해주던 그 다정하고 비밀스러운 뒷모습의 주인공이, 자신에게만큼은 '대신'이 아닌 '자신의 진심'을 담아 보내온 것이기를. 도하는 프리지아 꽃잎 사이로 배어 나오는 은은한 향기를 맡으며, 이 꽃을 두고 간 이가 자신이 그토록 기다려온 그 아이가 맞기를 조용히 바랐다.

벚꽃잎이 눈송이처럼 흩날리는 4월의 마지막 밤. '봄, 배달합니다'의 이번 시즌 마지막 의뢰가 시작되었다. 하지만 이번 의뢰서는 그 어디에도 존재하지 않는, 오직 설이 자신만이 품고 있던 비밀스러운 고백이었다.

책상 앞에 앉은 설의 손에는 보라색 라일락 한 가지

와 정성스럽게 만든 엽서 한 장이 들려 있었다. 서비스의 철칙은 철저한 익명성. 하지만 오늘만큼은 달랐다.

'이번이 정말 마지막인데...내 이름을 적어볼까? 아니야, 알게 되면 도하가 실망하지 않을까? 아니, 그래도...'

설은 연필을 들었다. 엽서 오른쪽 하단, '보내는 이'의 칸에 떨리는 손으로 [유 설] 두 글자를 적어 넣었다. 이름을 적자마자 심장이 터질 듯이 뛰었다. 하지만 1분도 채 되지 않아 겁이 덜컥 났다. 결국 지우개를 가져와 박박 문질러 지워버렸다. 다시 적고, 다시 지우고. 종이가 얇아져 보풀이 일어날 때까지 설은 수십 번을 망설였다. 결국 그 자리엔 희미한 연필 자국과 짓눌린 종이의 흔적만이 남았다.

밤 10시, 야자가 끝난 적막한 학교 복도. 설은 교실로 들어가 도하의 책상 앞에 서서 라일락과 엽서를 조심스레 내려놓으려 했다.

"오늘이 마지막 배달이야?"

뒤에서 들려온 목소리에 설은 얼어붙었다. 심장이 바닥으로 툭 떨어지는 기분이었다. 천천히 뒤를 돌아보자, 불빛을 등진 채 도하가 서 있었다.

'어떡해... 들켰어. 전부 망했어.'

설의 머릿속은 순식간에 공포로 가득 찼다. 도하가

짝사랑

자신을 이상하게 생각하면 어쩌지, 혹은 남의 마음을 배달한다는 명목하에 몰래 이런 짓을 하던 자신에게 실망하면 어쩌지 하는 두려움이 설을 덮쳤다. 손에 든 라일락이 힘없이 파르르 떨렸다.

"도, 도하야... 네가 여긴 어떻게..."

"작년 봄에도 봤어. 네가 꽃 배달하는 거. 오늘도 혹시나 해서 기다렸는데, 역시 너였네."

도하가 한 걸음 다가왔다. 설은 뒷걸음질 치고 싶었지만 발이 움직이지 않았다. 도하는 사물함 위에 놓인 엽서를 가만히 바라보다가 입을 열었다.

"이번에도... 다른 사람 의뢰를 대신 배달해 주는 거야?"

도하의 목소리는 평소처럼 다정했지만, 설에게는 그 질문이 날카로운 칼날처럼 느껴졌다. 설은 당황한 나머지 혀가 꼬였다.

"어? 아, 응... 그러니까, 어떤 애가 부탁을 해서... 이름은 말해줄 수 없지만, 익명이라서..."

횡설수설하며 고개를 숙인 설의 눈에, 엽서 하단의 지저분한 지우개 자국이 들어왔다. 거짓말이 들통날 것 같은 압박감에 눈물이 핑 돌았다. 도하는 잠시 침묵을 지키다, 설의 눈높이에 맞춰 고개를 숙이며 나지막이 물었다.

"그런데 설아. 이 엽서엔 다른 의뢰들처럼 '번호'가 없네."

설의 숨이 멎었다. 도하의 시선이 지우개 자국이 선명한 이름을 향했다.

"그리고 여기... 지워진 이름 말이야. 이거 사실 너지?"

"......!"

"이 라일락, 네가 나한테 보낸 거 맞아?"

직구로 날아온 질문에 설은 도망갈 곳이 없음을 깨달았다. 두려움과 걱정이 파도처럼 밀려왔지만, 동시에 알 수 없는 해방감이 고개를 들었다. 지워진 이름 자국처럼 희미하게 숨어있던 진심이 울컥 쏟아져 나왔다. 설은 입술을 꽉 깨물었다가, 떨리는 목소리로 결심하듯 대답했다.

"...응. 내 거야. 이번엔 아무도 안 시켰어. 내가, 내가 너한테 주고 싶어서 가져온 거야."

말을 내뱉고 나니 온몸의 힘이 풀리는 기분이었다. 설은 눈을 질끈 감았다. 비난이든 거절이든 받아들일 준비를 했다. 하지만 돌아온 것은 예상을 빗나간 온기였다. 도하의 손이 조심스럽게 설의 손에 들린 라일락을 감싸 쥐었다.

"다행이다. 다른 사람 부탁이 아니라서."

　도하의 목소리에 설이 조심스레 눈을 떴다. 도하는 지우개 자국으로 엉망이 된 엽서를 소중하게 손에 쥔 채 환하게 웃고 있었다.

"라일락 꽃말, 네가 직접 말해줄래?"

　설은 아직도 진정되지 않는 심장을 부여잡으며, 라일락 향기보다 더 달콤한 목소리로 대답했다.

"라일락의 꽃말은…"

　설의 목소리가 복도의 정적을 깨뜨렸고, 창밖에는 마지막 남은 벚꽃잎 하나가 바람을 타고 교실 안으로 흘러 들어왔다. 도하가 꽃을 든 손을 뻗어 설의 어깨에 내려앉은 꽃잎을 털어주었다. 두 사람의 거리가 좁혀지고, 봄의 끝자락에서 새로운 계절이 시작되려 하고 있었다.

　밤공기 속에 짙게 배어든 라일락 향기가 두 사람 사이의 밀도를 메웠다. '봄, 배달합니다'의 이번 시즌 마지막 배달은 그렇게 예상치 못한 수신인에게, 가장 진솔한 방식으로 완료되었다. 도하의 시선이 지우개 자국으로 짓눌린 엽서 위의 빈칸과 설의 떨리는 눈동자 위를 느릿하게 머물렀다.

　이제 더 이상 꽃말이라는 가면 뒤에 숨어 진심을 배달하지 않아도 되는 계절이 우리 사이로 천천히 흐르

고 있었다. 비밀스러운 배달원은 이제 그만두겠지만, 우리가 함께 써 내려갈 다음 계절의 이야기는 이제 막 첫 문장을 떼고 있었다. 도하의 손끝이 설의 손등에 닿을 듯 말 듯 아슬하게 머무는 순간, 비춰오는 불빛이 두 사람의 그림자를 길게 하나로 겹쳐 놓았다.

심애(深愛)

심해에도 사랑이 있다는 사실을 아십니까
바다의 바닥에 깔린 제 자존심조차
그대를 연모하였습니다

저도 윤슬이 보고 싶었습니다
바닷가에 부서지는 포말이 궁금하였습니다
닿지도 못할 모래사장에 당신들이 새긴 글귀가
형태를 알 수 없게 저를 짓누르고 흩어집니다

부디 찬란하게 사랑하십시오
그렇게 해야만 제가 덜 가여울 것 같습니다

그리고 한 번쯤은 수평선을 향해
이유도 모른 채 뭉클해주시면 좋겠습니다

그리하면 마지막으로

이 사랑은 그리 헛된 파도가 아니었음을

잔물결에라도 실어 보내겠습니다

달이 지기 전에

달이 지기 전에

봄비가 그친 뒤, 산문 밖 매화가 먼저 피었다.

서리 맞은 가지마다 연한 흰빛이 올라오자 사람들은 비로소 겨울이 끝났다고 말했다. 그러나 연우에게 봄은 늘 조심스럽게 다가오는 계절이었다. 어떤 것은 피어나고, 어떤 것은 조용히 사라지는 시간이었기 때문이다.

연우는 서원의 책을 필사하는 일을 맡고 있었다.

붓끝이 종이를 스치는 소리만이 낮을 채웠고, 사람의 발걸음은 드물었다. 그곳에 가끔 들르던 사람이 하나 있었는데 고을 수령의 딸인 소연이었다. 그녀는 서원의 문턱을 넘는 것이 허락된 몇 안 되는 여인이었다.

"글씨가 참 고요하네요."

처음 그녀가 그렇게 말했을 때, 연우는 붓을 잠시 멈췄다.

고요하다는 말은 칭찬이기도 했고, 어딘가 닿지 못한 마음 같기도 했다.

그녀는 책을 빌려 간다며 자주 찾아왔다.

그러나 책보다 오래 머무는 건, 창가에 앉아 봄바람을 듣는 일이었다. 바람이 지나갈 때마다 그녀의 소매가 가볍게 흔들렸고, 연우는 그 모습을 보지 않으려 애쓰면서도 자꾸 시선을 빼앗겼다.

둘 사이에는 특별한 일이 없었다.

차를 한 잔 나누고, 계절 이야기를 몇 마디 나누는 정도였다. 그러나 그 짧은 시간이 연우의 하루를 길게 만들었다. 말하지 않아도 마음이 움직이는 순간들이 있었다.

어느 날, 그녀가 물었다.

"선비님은 약속을 믿으세요?"

연우는 잠시 생각하다가 대답했다.

"지킬 수 있는 약속만 믿습니다."

그녀는 잠시 웃다가 고개를 숙였다.

"그럼… 지키지 못할 약속은요?"

연우는 대답하지 못했다. 그 질문이 자신을 향한 것인지, 아니면 이미 떠나기로 정해진 누군가를 향한 것인지 알 수 없었기 때문이다.

며칠 뒤, 소연이 서원에 오지 않았다.

대신 다른 이의 입을 통해 소식이 전해졌다. 그녀가 혼인을 하게 되었다는 이야기였다. 멀리 남쪽 고을의 집안과 정해진 혼인이었다. 사람들은 축하해야 할 일이라

짝사랑

말했지만, 연우의 붓끝은 그날 이후 자주 흔들렸다.

혼례가 있는 날, 매화는 거의 다 떨어져 있었다.

연우는 서원 문밖까지 나가지 않았다. 대신 창문을 열어 두고 바람이 지나가는 소리를 들었다. 바람 속에는 꽃잎이 섞여 있었고, 그 소리는 이상하게도 사람의 발걸음처럼 느껴졌다.

시간은 조용히 흘렀다.

봄이 지나고 여름이 왔고, 다시 겨울이 지나갔다. 소연의 이름은 서원에서 더 이상 언급되지 않았다. 연우 역시 묻지 않았다. 묻는 순간, 마음이 드러날 것 같았기 때문이다.

몇 해 뒤, 다시 봄이 찾아왔다.

산문 앞 매화가 또 피었다. 연우는 필사하던 책 사이에서 낡은 종이 하나를 발견했다. 누군가 책갈피처럼 끼워 둔 것이었다. 펼쳐 보니 익숙한 글씨였다.

'매화가 피는 날, 다시 오겠습니다.

지키지 못해도, 이 약속은 마음에 남겨 두세요.'

연우는 한참 그 문장을 바라봤다.

그녀가 언제 이 글을 남겼는지 알 수 없었다. 다만, 자신이 한 번도 그녀의 이름을 크게 불러 본 적이 없다는 사실이 떠올랐다. 마음속에서는 수없이 불렀으면서도 입 밖으로는 단 한 번도.

그날 해 질 무렵, 그는 처음으로 서원을 나섰다.

산문 앞에 서니 매화 향이 바람에 섞여 있었다. 멀리 길 위로 한 사람이 서 있었다. 고운 옷차림은 아니었지만 낯익은 걸음이었다.

소연이었다.

그녀는 오래 말을 하지 못했다.

연우 역시 마찬가지였다. 서로의 얼굴에는 시간이 남긴 흔적이 있었고, 그 흔적이 오히려 두 사람을 더 조용하게 만들었다.

"늦었지요."

그녀가 먼저 말했다.

연우는 고개를 저었다.

"봄은 늘 늦게 옵니다."

그녀는 잠시 웃었다.

혼인 생활이 오래가지 못했다는 이야기, 병든 부모를 보내고 홀로 돌아왔다는 이야기. 말들은 짧았고, 바람에 섞여 흩어졌다.

"약속… 기억하셨어요?"

그녀가 물었다.

연우는 대답 대신 매화 가지를 하나 꺾어 그녀에게

건넸다.

꽃은 막 피어난 참이었다.

그러나 두 사람은 그 자리에서 더 가까워지지 않았다.

시간은 이미 많은 것을 바꾸어 놓았고, 남은 것은 약속의 흔적뿐이었다. 말하지 못했던 마음은 여전히 입 밖으로 나오지 않았다. 대신, 서로의 눈빛 안에서 조용히 머물렀다.

해가 기울자 그녀는 먼저 돌아섰다.

연우는 붙잡지 않았다. 붙잡는 순간, 이 봄이 끝나 버릴 것 같았기 때문이다.

산문 앞에 혼자 남았을 때, 꽃잎 하나가 그의 어깨 위에 내려앉았다. 그는 그 꽃잎을 떼어내지 않았다.

그제야 알았다.

어떤 사랑은 이루어지기 위해 태어나는 것이 아니라, 오래 남기 위해 태어난다는 것을.

약속은 지켜지지 않아도, 봄처럼 돌아온다는 것을.

달이 산 너머로 기울고 있었다.

연우는 천천히 서원으로 돌아갔다.

매화 향이 뒤따라왔다.

그 봄은 누구에게도 말하지 못한 사랑처럼 조용히 깊어지고 있었다.

짝사랑이 피던 봄

짝사랑이 남긴 향기

짝사랑이 남긴 향기

너를 좋아한다는 말은

끝내 입 밖으로 나오지 못한 채

내 안에서만 여러 번 피었다 졌다.

스쳐 지나간 네 웃음은

비 온 뒤 골목에 남은

은은한 흙냄새처럼 오래 머물러,

괜히 마음을 젖게 했다.

함께 걷던 적도 없으면서

나는 혼자서 수많은 길을 걸었고,

네가 모를 계절을

혼자 다 지나왔다.

가끔은 네 이름을
입안에서 굴려보다가
사탕처럼 녹여 삼켰다.
달았지만 끝은 늘 씁쓸했다.

짝사랑은
손에 쥐지 못한 꽃 한 송이와 닮아
시들어도 버릴 수 없고,
향기만 남아 자꾸 돌아보게 한다.

이제는
너보다 나를 더 오래 바라보려 한다.
그래도 문득 바람이 불면
그날의 향기가 다시 스친다.

말하지 못한 마음에도
분명 꽃은 피었다는 걸
나만은 알고 있으니까.

짝사랑이 피던 봄

숨바꼭질 같은 사랑

사뿐사뿐
살그머니 다가가

들킬까 봐
숨바꼭질하는 수줍은 사랑

혼자 좋아하는 마음에
꽃봉오리를 살짝 건드려본다
흔들리는 꽃봉오리에 놀라 숨는다

내 마음 받아줬으면
주위를 맴돌다가
다녀간 발자취만 남긴 채 도망간다

계속 숨바꼭질만 하다가
꽃봉오리가 웃으며 날 보았을 때
나도 살포시 웃었다

나의 봄이 걸어온다

저기 나를 향해 환하게 웃는 듯
그가 걸어온다
나의 봄이 걸어온다

봄이 나의 옆을 스쳐 지나갈 때
나도 모르게 설레어
복사꽃이 되었다

살랑살랑 봄 향기에 취한 나비처럼
나의 눈길 손길 발길도
그에게 취해 버렸다

싹을 틔우고 파스텔 빛 꽃이 피듯
혼자 수줍어 어쩔 줄 모르는
내 마음에도 봄이 피었다

환일몽 (幻日夢)

너를 보며

시작된 공상

너를 보며

펼쳐진 환상

당하기 싫고

생각하기 싫어도

밤낮 없이

기어코 꾸는 악몽

깨어날 걸

알면서도

헛된 실현을 피운

나의 백일몽

너의 자각몽은

나의 장한몽이며

나에게 밀려오는
무한한 공허가
너에게는 하나 없는
일말의 여운임을

사무치게 느끼며
공유몽을 그리곤
다시 피워낸
나의 몽상

바닷속 가장 고요한 고백

해파리는 심장이 없다. 그래서 해파리의 사랑은 멈출 이유도, 방법도, 소리도 없다.

중학교 3학년, 새 학기가 시작되고 아침 조례가 시작되었다. 또 귀찮은 학교에 한 학기 동안 나와야 한다고 생각하니 앞이 깜깜했다. 누가 그랬지, 학교 가는 게 그렇게 싫으면 그냥 관두고 하고 싶은 걸 하면 되지 않냐고. 그러면 나는 매번 대답했다.

"그러면 내가 뭘 할 수 있는데?"

나는 잘하는 게 없었다. 피아노를 나름 잘 친다는 평가를 받기는 했지만 기껏해야 이 좁아터진 촌 동네에서의 평가일 뿐이었다. 세상은 넓고, 잘하는 사람은 너무 많은데 여기서 조금 잘하는 그게 무슨 의미가 있단 말인가. 남의 인생이니 그렇게 쉽게 말을 뱉을 수 있는 거다. 나는 줄곧 그렇게 생각해 왔고, 대부분 그 예측은 맞아떨어졌다. 대부분의 사람은 자신밖에 모르는 것이 아주 당연하니까. 또 이런 식상하고 의미 없는 고민으로 속이 시끄러워지기 시작할 때쯤, 담배를 얼마나 피운 건지 듣기 싫게 긁는 듯한 담임의 목소리가 들려왔다.

"자, 자 다들 주목!! 오늘은 전학생이 왔으니 다들 잘 챙겨 주도록. 오늘 공지 사항은…"

애초에 담임의 말에 주목할 생각도 없었던지라, 그냥 빤히 그 전학생이라는 여자애를 바라보고 있었다. 약간 낯을 가리는 듯하지만 무언가 기대에 찬 듯 반짝이는 눈망울이 거슬렸다. 픽 웃음이 새어 나왔다. 여기서 대체 뭘 기대하는 걸까. 드라마에 나오는 소박하고 순수한 시골 라이프 정도를 기대한 건가 싶어 나온 비웃음이었다. 내 웃음을 담임이 눈치챈 건지, 눈썹 한쪽이 보기 흉하게 올라갔다. 그러고는 그 여자애더러 내 옆자리에 앉으라고 말하곤 반을 나가 버렸다. 너무 예상치 못한 일이라 잠깐 굳어 있었는데, 수줍은 듯 멋쩍게 미소를 띠며 다가오는 여자애에 뭐라 화를 낼 수도 없어 그냥 엎드려 버렸다. 와중에도 쉬는 시간에 떠드는 반 아이들의 목소리는 듣기 싫게 허공에서 윙윙거렸고, 결국 이어폰을 꺼내 귀에 최대한 깊숙이 욱여넣고 다시 엎드렸다. 그때 옆에서 처음 듣는 목소리로 그 애가 인사를 건넸다.

"안녕, 너 이름이 뭐야?"

그때 내 표정이 얼마나 우스웠을지 가늠도 가지 않는다. 팔에 고개를 묻고 있었던 게 천만다행이었지. 피아노를 관두고 나서부터는 모든 사람, 심지어는 부모님의 목소리까지도 거슬리게 들렸었는데 신기하게도, 너무나 신기하게도 이질감 없이 귓가에 울리는 그 목소리는 잘 조율된 피아노의 음 같았다. 굳이 표현하자면 피아니시모로 부드럽게 치는 높은 음 같달까. 맑게 깨지는 그 목소리에 놀라 고개를 슬쩍 들었다. 여전히 나를 빤히 보고 있는 그 아이를 무시할 수가 없었다. 당황한 것이 티 나지 않도록 노력하며 최대한 딱딱한 목소리로 말했다. 그러자 그 아이는 내 명찰을 유심히 보더니 신기하다는 듯 말을 건넸다.

"···한제혁"

"오 너 이름 되게 특이하다. ㅏㅣ재가 아니라 ㅓㅣ
제구나"

내 이름을 조곤조곤 읊조리는 그 아이의 목소리를
다시 들어도 하나도 거슬리지 않아서 속으로 물음표
를 오만 개쯤 띄우고 있었다. 소리에 예민한 귀를 가
진 것이 장점이라 느껴질지도 모른다. 남들이 듣지 못
하는 소리의 변화와 세기까지도 전부 알아차릴 수 있
으니까, 하고 누군가는 말하겠지. 웃기는 소리, 타인
의 목소리 하나하나에 민감하게 반응하는 게 얼마나
힘든 일인지 가늠하지도 못하면서. 조금이라도 거슬
리는 목소리는 오래 듣는 것조차 힘이 들어 수업을
제대로 들을 수 없는 날이 얼마나 많은지 모른다. 본
의 아니게 상처를 준 적이 수없이 많았다. 그리고 작
은 목소리 속 감정의 변화까지 너무 잘 들렸기에 상
처받아 버린 적 또한 수없이 많았다. 피아노를 칠 때
만큼은 이 저주받은 재능이 도움이 되리라 믿었건만,
본인이든 타인이든 컨디션에 따라 치는 선율이 과도
하게 달라졌고 나는 그것을 너무 많이 실감했다. 결국
내가 건반에 손가락을 올려 내는 그 끔찍한 소리가

짝사랑이 피던 봄

귀로 들어오게 될까 무서워 나는 피아노를 그만둬야
만 했다. 그런데 그런 공포들이 무색하게 부드럽게 울
리는 목소리에 조금은 평범해진 것 같아 슬쩍 웃음이
새어 나왔다.

"네 이름은 뭔데"
"나? 너 아까 쌤이 말하는 거 아예 안 들었구나?"

나를 놀리며 킥킥 웃는 그 애의 표정에 괜히 불성실
한 학생이라는 게 들킨 것 같아 아무 말 못 하고 가만
히 보고만 있자 그 여자애는 여전히 웃는 목소리로
대답해 주었다.

"나 이수야. 외자 이름. 이 씨에 이름이 수."
"외자…. 특이하네. 무슨 뜻인데?"
"나? 한자로 지킬 수라고 하던데, 사랑하는 것들을
온전하게 지켜 내라는 뜻이래. 난 이 뜻 진짜 좋아해"

제 이름을 말하며 환하게 웃는 수의 모습이 본인의
이름을 많이 아끼는 것 같아 신기했다. 본인의 이름을
좋아하는 사람은 그렇게 흔치 않았던 것 같은데. 게

다가 저를 밀어내는 태도를 보이는 성격 더러운 애한
테 전혀 굴하지 않고 밝게 인사를 건네는 걸 보니 독
특한 애구나 싶기도 했고. 뭐 그땐 딱 거기까지의 감
정이었다. 매일 인사를 건네는 수를 보고 슬쩍 웃으며
하루를 시작하고, 쉬는 시간이면 내 앞에서 무슨 일이
든 조잘대며 이야기하는 목소리를 듣는 것을 내가 좋
아하고 있다는 것을 자각하기 전까지는 말이다. 그날
도 평소와 다를 것 없는 하루였다. 하나 차이가 있다
면, 점심시간에 수가 잠시 자리를 비운 틈에 다른 여
학생이 네 자리에 앉아 내게 말을 걸었다는 것 하나
였다. 이름이 뭐더라, 사실 기억도 안 난다. 그냥, 옆에
와서 떠드는 게 거슬리기 짝이 없었다.

"안녕? 너 요새 좀 바뀐 것 같더라, 남이랑 애기도
좀 하고"
"어, 근데 무슨 상관이야 네가"
"아니, 너 좀 잘생기기도 했고 인기도 많잖아. 친해
지고 싶어서 그랬지 뭐"
"관심 없어. 자리 주인 곧 오니까 가. 그리고 모르는
것 같아서 미리 말해두는데, 네 목소리 귀 아파."

얼굴이 확 붉어진 그 여자애는 아무 말 없이 표정을 구기곤 신경질적으로 자리를 박차고 일어나 교실 밖으로 나갔다. 물론 딱히 감흥은 없었지만 말이다. 뭐 어쩌라는 건지, 제 감정만 앞세워 남의 상황은 신경도 안 쓰고 무례하게 굴어놓고는 도리어 기분 나빠하는 꼴이라니. 듣기 힘들게 까랑까랑한 목소리로 크게 말하는 게 별로이기도 했고, 당연히 수의 자리를 제가 차지할 수 있을 거라는 그 오만이 짜증 났다. 그래서 평소보다 더 예민하게 반응한 것 같기도 하고. 네가 곧 돌아와 씩씩거리던 그 애를 거쳐 자리에 앉고 다시 또 조잘조잘 말하는 것을 보니 그제야 웃음이 숨을 비집고 나왔다. 그래, 이 목소리다. 아까 그 애의 귀를 찌르는 듯한 머리 아픈 소리와는 다른, 조금 더 부드럽고 맑게 귀를 울리는 목소리.

"뭐야, 쟤는 왜 저렇게 화났어?"

"몰라, 와서 짜증 나게 하길래 한마디했는데 저러는 거야."

"내가 너 말 예쁘게 하라고 했지. 뭐 하는 거야 애 속상해하게."

"그냥, 맘에 안 들었어. 아 쟤 얘기 그만해 듣기 싫어. 다른 얘기나 좀 해 줘.”

“어휴 성질하고는… 그래, 밥은 먹었고?”

 수가 또 평소와 다름없이 얘기하는 것을 듣고 있으니 마음이 편안해져 슬쩍 미소 짓고 있는 나를 발견했다. 그리고 이 애가 얘기하는 시간을 내가 기다리고 있구나 하는 것을 깨닫는 순간, 얼굴이 확 달아올라 고개를 돌려 버렸다. 귀 끝까지 빨갛게 달군 날 보고 너는 또 말갛게 웃으며 장난스러운 말을 건넸었지. 할 수만 있다면 과거의 나를 때려서라도 그 멍청한 표정 좀 짓지 말라고 할 텐데 말이지. 뭐, 그 덕에 네가 나한테 관심을 더 가지기 시작했으니 오히려 좋은 일인가.

“야 너 뭐야 왜 갑자기 얼굴이 빨개져?
“…몰라, 묻지 마… “
“야 너 귀까지 빨개졌거든.“
“아, 말하지 말라고…. 진짜“
“아 한제혁 표정 진짜 웃겨”
“야 너…!”

이렇게 종잡을 수 없고 간질거리는 감정은 처음이

짝사랑이 피던 봄

라, 하는 행동 하나하나가 어리고 서툴렀다. 내 감정이 제대로 통제되지 않았던 적이 있었었나. 생각도 마음도 햇볕 아래 아이스크림처럼 흐물흐물 녹아내리는 기분이었다. 그런데 신기하게도, 싫지 않았다. 오히려 좋으면 좋았지. 하루 종일 네 생각을 하다 혼자서 볼을 붉히는 시간이 하나도 싫지 않았다고 하면 너는 믿을까. 아마 오글거린다며 장난치지 말라고 나를 탁탁 치겠지. 또 그 예쁜 볼우물을 띄우면서. 수가 좋아하는 것들을 하나하나 머리에 꾹꾹 눌러 담으려 노력했다. 너무 단 것보단 적당히 쌉쌀한 걸 좋아하고, 새벽 4시쯤 잠에서 깼을 때 느껴지는 서늘한 공기가 좋다고 했다. 나무 향이 나는 것들은 뭐든 좋아했고. 나는 느낄 수 없는 언어 자체에서 느껴지는 정밀함이라는 것을 좋아한다고 했다. 내가 피아노 치는 장면도 좋아해 줬다. 바다 생물들도 좋아했지. 아마 수가 그랬을 거다. 해파리가 가장 좋다고. 형체도 없다시피 한 그게 왜 좋은가 싶어 물어봤을 때 수는 이렇게 답했었다.

"해파리는 심장이 없어. 그래서 영생을 살 수 있다고들 해. 해파리 하나는 그 안에 누군가의 평생을 담고 있을 수도 있는 거야. 슬픔과 기쁨뿐만 아니라, 인생

짝사랑

을 살면서 느꼈을 환희와 벅참, 심지어는 절망과 우울까지도. 어쩌면, 세상의 수많은 소리를 전부 담고 있을지도 모르는 거야."

"…근데, 해파리가 심장을 가지고 있지 않다면 해파리는 그 모든 감정을 느낄 수 없고, 그 소리들을 전부 들을 수 없는 거 아니야?"

"음… 그럴 수도 있겠네. 그건 좀 슬픈데?"

그렇게 말하며 웃는 수의 얼굴엔 순수함 그 자체의 무언가가 떠올라 있었다. 너무 깨끗해 보여 차마 건드릴 엄두도 나지 않았었다. 그때 잡지도 놓지도 못해 어정쩡하게 잡고 있던 나와 수의 손처럼. 나는 네 덕에 다시 피아노를 칠 수 있었는데, 내 피아노 연주를 듣고 나서 보여 주던 너의 윤슬 같은 눈빛이 참 좋았는데. 못내 아쉬움이 남는다. 그때는 차마 하지 못했던 말들이 입안에 아직까지 쓰게 남아 있는 것 같다. 뱉고 싶었지만 뱉으면 무언가 잃어버릴 것 같은 느낌에 하지 못했던 말. 해파리가 물속을 부유하는 모습은 사람의 심장 박동과 신기할 정도로 닮아 있다던 말. 해파리가 심장을 가지고 있지 않다면, 서로를 위해 심장이 되어 줄 수는 없었던 걸까.

짝사랑이 피던 봄

다시 피아노 앞에 앉았다. 네가 뒤에 없는 순간에 치는 피아노는 너무 오랜만이라, 차가운 공기의 흐름 속에서 건반 위에 얹는 손가락이 묘하게 먹먹했다. 왜일까, 분명 나에게 그때와 달라진 것은 아무것도 없는데 왜 같은 음들이 불쾌한 걸까. 네가 가장 좋아하던 노래를 연주하는 이 순간까지도 견딜 수 없을 만큼 아프면서도 좋았다. 결국 내가 너를 기억하는 방법은 이게 전부일 수밖에 없었으니까. 곡을 끝까지 연주하고 나서야 나는 건반에서 손을 뗄 수 있었다. 그리고도 오래도록 그 뚜껑을 닫지 못했다. 너는 끝내 알지 못했겠지, 내 선율이 향하는 그 깊은 바닷속 목적지를.

수야, 해파리의 사랑은 스쳐 가는 사랑이래. 먹먹한 바닷물 사이를 부유하며, 그저 파도를 따라 밀려지는 대로 스쳐 지나가는 그 무언가의 찰나를 영원히 그리워하는 것. 자신의 힘으로는 이미 지나간 존재에게 절대로 닿을 수 없음을 뼈저리게 아는 그것이 바로 해파리의 사랑이래. 아마 그들이 사랑을 느낄 수 없더라도, 머릿속에 떠올렸을 때 어딘가 한구석이 아려오는 기억 하나쯤은 가지고 있을지도 모르지.

그렇다면 나는 해파리의 사랑을 할 것이다. 영생을 사는 해파리만큼은 아니더라도, 심장이 없기에 할 수 있는 그 미련하고 먹먹한 사랑을 해 볼 것이다. 기꺼이 이제는 뛰지 않는 너의 심장이 되어 대신 세상이라는 물속을 유유히 느껴 보리라. 저주받았다 여긴 나의 이 귀를, 수가 듣고 싶던 세상의 모든 소리들을 담아두는 데 쓸 것이다. 그리고 언젠가 수를 만나면, 담아 둔 그 세상의 모든 감정들을 수에게 보여 주고 담아 둔 모든 소리를 수에게 들려 줄 것이다. 너의 그 미소를 기대하면서, 해파리의 유영으로 너의 심장이 되어 주리라.

짝사랑에 고달픈 이내 마음

말하지 못한 이름 하나가
가슴속에 오래 머물러
밤마다 조용히 불을 켭니다.
지우려 할수록 또렷해지는 글씨처럼
당신은 자꾸 선명해지고
나는 자꾸 희미해집니다.

스쳐 지나간 인사 한마디에도
하루가 환해졌다가
답장 없는 침묵 하나에
세상이 저물어 버리는 이 마음은
왜 이리도 서툰지요.
기쁨과 슬픔의 크기가
당신 손에 달려 있다는 걸
당신은 알기나 할까요.

당신은 모르겠지요.
내가 당신의 계절을

혼자서 몇 번이나 건너왔는지.
봄엔 당신 생각에 꽃이 지고
여름엔 당신 없이 혼자 더웠고
가을엔 괜찮은 척 낙엽을 밟았고
겨울엔 그 모든 걸 다시 삼켰습니다.
웃음 뒤에 숨겨 둔 떨림이
얼마나 오래 나를 붙잡고 있는지
아마 평생 말하지 못할 것 같습니다.

같은 공간에 있어도
나는 늘 한 발짝 뒤에 서 있고
당신이 다른 이름을 부를 때
가만히 못 들은 척 웃었습니다.
티 내지 않는 게 사랑인 줄 알았는데
티 내지 못하는 게 짝사랑이더군요.

그래도 미워하지 못합니다.
사랑이란 원래
받지 못해도 피어나는 꽃이라서
외로워도 향기를 거두지 않는
그런 마음이라서.

당신이 내 마음을 모른다고 해서
이 마음이 거짓이 되는 건 아니니까요.
닿지 않아도
사랑은 사랑이니까요.

고달프다고 했습니다.
맞아요, 고달픕니다.
그런데도 그만두지 못하는 걸 보면
이게 참 질긴 마음이긴 한가 봅니다.
놓아 버리면 편할 텐데
놓아 버린 뒤가 더 무서워서
오늘도 이 마음을 꼭 쥐고 잠듭니다.

오늘도 나는
조용히 당신을 부르지 못한 이름으로
하늘에 적어 둡니다.
구름이 흘러가 지워지더라도
내일 또 적으면 되니까요.
언젠가 한 번쯤은
당신 귀에 닿는 바람이 되기를
오늘 밤도 조용히 바라면서.

벚꽃 낙화의 미학

분홍빛 설렘이
가지마다 작은 등불을 켠다.

너의 웃음소리가 꽃잎으로 흩날려
내 어깨에 앉았다.

닿으면 바스러질까,
나는 봄 속에 숨을 얇게 접어 넣는다.

짝사랑은 꽃이 피기도 전에
낙화를 걱정하는 마음이다.

바람 한 점에도,
감정은 유리처럼 금이 가며 흔들린다.

떨어진 꽃들은

길 위에 자수 놓인 상처처럼 흩어져
누군가의 발끝에 눌린다.

나는 너에게 가장 화려한 봄이 되고 싶어
내 시간을 꽃가루처럼 흩뿌렸다.

그러나 결국 나는 지는 꽃잎이 되어
네 그림자 뒤를 조용히 따른다.

하늘은 온통 너의 색으로 물들어
아름다움이 잔인해지는 계절을 만든다.

꽃이 다 지고 나면
이 그리움도 초록으로 짙어져
다른 이름의 여름을 살게 될까.

짝사랑

불꽃놀이

오직 나 홀로
왼쪽 가슴 아래에서 뜨겁게 치솟아
여린 벽을 할퀴며 스쳐 가는
불꽃의 파편들을 느낍니다

단 한 줄기 빛도 흘러내리지 못한 채
가장 깊은 곳으로 고여 들고
아름답게 번쩍이는 찰나마다
피해 달아날 곳은 없습니다

쿵, 하고 가슴뼈를 울리는 이 진동은
밖으로 터지지 못한 불꽃이
안으로 부딪히며 내는 소리
심장이 한 번 뛸 때마다
잔인한 황홀경이 사방으로 번집니다

맥박이 한 박자 앞서 움찔거리고
호흡이 제자리를 놓친 뒤에야
당신은 겨우
흔들린 눈동자만을 알아볼 뿐입니다.

나를 깎아 밤을 밝히는
이 소란은
무엇을 위한 찬란함이랍니까

부끄럼

적었습니다

조그마한 꽃 틔우는

풀이 얼마나 예쁜지

파도에 부서지는

햇빛이 얼마나 멋진지

어디서든 그대만 보는

내 마음이 얼마나 쌓였는지

말해주고팠습니다

그래서

종이 뒤 글씨 자국 남을까

조심히 또 조심히

적어넣었습니다

그런데
잉크 자국 채 마르기 전
작디작게

찢었습니다

혹시나
그 풀 널리고 널렸을까
그 햇빛 눈이 부실까
내 마음 그 무엇도 아닐까

뒷걸음질 쳤습니다

어쩌다
그대에게 전하려
말문을 열면
시끄러울까

입을 가립니다

전하지도 않아
닿지도 않지만
언젠간 알아줄까 싶어

무릎을 감싸안은 채
발만 꼼지락대며

한없이 기다립니다

짝사랑이 피던 봄

동백잎

너는
예쁜걸
좋아했다

내가 보이지도 않게
화려한
붉은 꽃들을 보내주었다

너의 긴 머리는
갈색의 강물이었다

그 강물
계속 반짝이게 흐르라고
나는 안중에도 없게
열매도 내줬다

난 다 해줬다
다아 해줬어

그래도
혹시나

빠닥빠닥
매끄러운 잎
햇빛만 쬐는 잎

거울마냥
빛이라도
반사할 수 있다면,

그러면
너가
더 빛나지 않을까 하는 마음에
떨어지는 순간까지
너를 향해 있는다

맨질맨질한 잎

바싹바싹 말라가도

너는 암것도 모른 채
누군갈 향해 뛰어간다

나는 그저
발에 채이는 낙엽
빠닥빠닥 푸르렀던 잎

295
짝사랑

각설탕

좋아한다는 말은
차마 깨뜨리지 못한
입안의 각설탕 같다

삼키면 아리고,
뱉으면 사라질 것 같아
혀끝으로 날카로운 모서리만 더듬는다

한 마디만 뱉어볼걸
한 걸음만 다가갈걸
너와 나 사이
한 걸음이라는 가장 먼 거리

입천장에 닿을 때마다
작게, 서러운 소리를 내는 각설탕은
네 웃음에 천천히 녹아내려

달콤한 슬픔만이 서서히 번진다

나는 부서지는 고백의 조각을
끝내 깨물지 못한다

네가 떠난 그 자리엔
차마 건네지 못했던 문장들이,
꺼내지 못하고 녹아내린 흔적이
그렇게, 모래알처럼 서글프게 남았다

풋사랑

있잖아, 너는 첫사랑의 기준을 무어라 생각하니? 처음으로 좋아해 본 사람? 처음으로 이루어진 사랑?

누군가 나에게 이 질문을 한 적이 있는데, 나는 그럴 때마다 전자를 대답해 왔어. 하지만 말이야, 너는 둘 다, 그 무엇도 아니었다는걸. 너는 내가 처음으로 좋아해 본 사람도 아니었고, 내 머뭇거림이 너무도 긴 탓에 너와 나는 끝내 이루어지지 못했으니까.

최근 유행하는 영화, 만약에 우리를 보자마자 네 생각이 난 건 왜 때문일까. 너랑 나는 그 무엇도 아니었는데 말이야. 여전히 나는 사랑을 해 본 적도 없고, 너는 여러 사랑을 해 보고 있고. 너는 모르겠지- 이 글을 읽지도 않을 테니. 내가 너를 왜 좋아했는지 넌지시 이야기한 적은 있지만 사실 모두 거짓이었다는걸, 너는 아마 평생을 모를 테지.

사랑의 계절은 봄이라는 것과 달리 비가 억수같이 쏟아지는 여름날이면, 나는 네 생각이 나.기억력이 좋은 것은 이래서 억울해. 너는 기억하지 못하는 그 여름이 나는 줄곧 생각나.

겨울에 태어난 우리는, 왜 때문인지 여름에 잘 맞았었지. 그래서인가, 너와 함께한 시간의 겨울은 기억이 나지 않아.

담배의 잔향이 밴 길-다란 소파가 있는 눅눅한 공기와 어둑한 조명이 삐걱대는 노래방에서 발발 떨리는 어린 손으로 너에게 문자를 보냈을 때, 어렸던 네가 우산을 가지고 달려왔던 그 여름이 나는 여전히 궁금해. 왜 그 비를 뚫고 그 노래방에 달려왔던 건지, 그 속에 네가 바라던 마음은 누구를 향했던 건지. 그때의 나는 말이야-

내가 너를 좋아하는구나,
네 마음이 나를 향하길.

3년 전에 네가 꿈에 나온 적이 있어. 그곳에는 7월

299
짝사랑

24일의 너와 내가, 이제는 근황조차 모르는 두 아이가 있었어. 장소는 너의 집이었고, 너는 나의 기억 속처럼 라면을 끓이고 있었지. 꿈임을 알면서도 깨고 싶지 않았어. 그 더운 여름날의 풋내와 습도, 온도마저도 생생해서. 얕게 불어오는 그 미풍마저도 선명해서.

죽고 싶었던 내 모든 여름에 네가 있어서. 3년 전 그 여름에도, 꿈속의 그 여름에도. 너의 집에서 나와 숨을 들이마실 때, 그 어린 날 맑은 풀 내음이 폐를 가득 채울 때, 눈물을 흘리며 깼던 건 왜 때문일까. 이제 내 마음속에는 네가 없는데 말이야.

너희 집이 아지트였던 건지, 내가 너의 집에서의 기억만이 생생한 건지. 그 언젠가도 여름이었고, 너의 집에서였지. 공포영화를 보며 각자 제 할 일을 하고 있을 때, 나도 핸드폰과 텔레비전 화면을 번갈아 보고 있었어. 너는 내 옆의 소파에 걸터앉았고, 지금보다 낮은 내 어깨가 네 베개라도 된 마냥 자연스레 머리를 기대었지. 쿵쿵거리는 내 심장 소리를 잠재우고 싶어도 그러지를 못해 숨을 최대한 참으며 네 머리에 내 머리를 아주 조금씩- 기대었다는걸, 그때의 너와

짝사랑이 피던 봄

지금의 너는 알고 있을까.

네 머리는 어느덧 내 허벅지 위까지 내려왔고,가을
에 가까운 끝여름이지만 나는 타들어 갈 듯이 더웠어.
이런 내 마음을 알기는 하는 건지, 이름 외우기도 어
렵던 노래를 들려주며 자신이 좋아하는 노래라고 이
야기하던 네가.

만약 그날 열병이 올랐으면, 머리가 어지러울 정도
로 아팠더라면, 그날의 너를 붙잡고 좋아한다고 이야
기했을 거야.

그 이후로, 그 여름 이후로도 자그마치 3년을.그 3년
이라는 시간 동안 너를 좋아했어. 얼굴도, 목소리도
변했을 너를, 여전히 그 여름에 살며 너를 그렸고, 돌
아갈 수 없는 그때의 나를 그리며- 너와 함께한 모든
여름을 좋아했어.

있잖아, 난 말이야-
프라이팬 손잡이 부근이 뜨겁다는 걸 네 앞에서 화
상 입은 내 검지를 함께 꼬옥 쥐며 알게 되었고,

그로부터 3년 뒤에야 가스불을 켤 수 있게 되었고,

네가 들려준 노래들을 노래방에서 제일 먼저 부르게 되었고,

그 노래의 가수를 너보다 훨씬 많이 찾아보게 되었고,

노래들의 드라마를 찾아보며 울고 웃었고,

어둑한 노래방을 갈 때면 네가 생각나게 되었고,

방 한구석에 처박힌 기타도 너를 보며 시작했던 거였고,

내 모든 이상형은 너로부터 비롯되었고,

3년 전 그날 이후로 줄곧 네가 내 꿈에 나왔어.

만약에 말이야,

만약에 내가 너에게 내 심장을 떼어다 주어 네가 내 마음을 오롯이 바라볼 수 있었다면, 만약에 우리는 지금 어땠을까? 종종 생각해. 돌아오는 버스 길에 너에게 내 마음을 고했더라면, 사심 섞인 나의 장난에 네가 응했더라면. 그랬더라면 지금의 우리는 존재할 수 없었겠지. 나는 네게 내 마음을 전하지 않아 다행이라 생각해.

너는 내가 너를 이만큼 좋아했다는걸, 이번 생이 다

가도록 알지 못할 테지. 첫사랑은 잊을 수 없다는데-
내 첫사랑은 시작되지도 못했지만 존재한다는 걸, 아
마 너는 평생 모를 테지.

　나는 첫사랑을 물어보면, 영원히 너와 함께 한 여름
을 그릴 거라는 것을- 너를 잊지 못할 거라는 것을-
너는 평생 모를 테지.

　나의 제인은 너였다고, 나라는 에릭의 세상 속에서
여름이 초록빛으로 기억될 수 있던 건, JANE, J- 네 덕
분이었다고. 먼 언젠가 내가 꾸었던 꿈은, 꿈이 아니
었을 거야.

　J야- 나는 그날을 다시 살다가 온 거야.

　내 풋내 나는 열병 가득 머금은 햇토마토 같던 첫사
랑은, 짭조름한 맛.

　너는 평생 모를 테지. 혼자 붙잡고 놓은 건 나였으니까.

달, 그대

사뿐히 지르밟은 꽃잎 위로

추억 한 모금을 담아

흐드러지게 나리는 봄꽃 아래

기억 한숨을 삼켜

잊히지 않을 그대 치마 끝자락에

수놓아 달빛에 숨겨두고

내 마음속의 여백을 남기어

그 자리에 그대라는 사람만을

켜켜이 쌓아갈 수 있길

첫 사람,

봄바람에 흩날려

손바닥 위로 떨어진 그대 꽃 한 잎.

짝사랑

가슴이 미어지도록

봄꽃을 타고 떠오르는 슬프도록

이어질 수 없는 片戀

안녕!

안녕!
너무 달콤한 인사였어
봄날의 온기로 가득하고 따뜻한
세상이었어
너로 인해 한마디로 세상을
다 얻은 듯했지

안녕?...
희미해져 버린 말들로
나의 온 세상이 회색 잿빛으로 멍들어 가
곳곳에 아픔이 묻어날 것 같아서
그런 상처만 남은 말 한마디로 가시밭을 걸어

너로 인해 물들고 번져가고 있던 나의 세상
나의 세상은 무슨 말로 무슨 색으로 번져갈까...

너의 반갑고도 슬펐던 안녕이란
그 인사로 짝사랑이 끝나버렸어

흙 속에서

꽃이 아니라
뿌리로만 자라는 마음이 있다

아무도 모르게 깊어지고
어디까지 내려갔는지 묻지 않는다

오래전 너에게 뿌리내려
계절이 몇 번 바뀌어도
흙 속에 자리 잡는다

뽑히지 않는 뿌리를 안고
다독이던 날이 있고

여전히 물을 주는 너 때문에
나는 오늘도
뿌리 내린다

기도문

주여 제 첫사랑은 너무나도 나약합니다.

내가 마음 표현하기 궁색한 인간이라 이 마음 어떻게 해야 그녀에게 닿을지 모르겠습니다.

궁색한 마음도 있으나 제 마음이 그녀에게 부담 가지 않을지 큰 걱정이 됩니다.

주여 저는 어찌해야 합니까.

어찌하여 사랑에 익숙지 않을 때 지금 그녀를 만나게 하셨습니까, 어찌하여 내가 표현하는 법도 아픔을 이겨내는 법도 무언가를 참는 법도 그 무엇도 모를 때 그녀 곁에 저를 두셨나요.

저는 알지 못합니다. 그녀를 제가 품어도 되는 이일지. 저란 인간이 그녀에게 어울릴지도 알지 못합니다.

하늘을 날아야 하는 새를 땅이 품어서는 안 되는 것 아니겠습니까. 어찌하여 저란 땅에 그 새를 머물게 하셨나이까. 어찌하여 그 조그마한 족적을 제 마음에 아로새기신겁니까.

한 사람을 만났습니다

한 아이를 만났습니다.
태양 같은 미소를 지니고
심연보다도 더 깊은 눈을 가진
아이를 흰 눈 내리는 날 만났습니다

그리 높지 않은 목소리
그에 반하는 그 아이의 입꼬리
처음 보자마자 느낄 정도로
따스한 마음을 가졌던 아이

허락도 안 한 제 세상에
갑자기 눌러앉은 그 아이가
그리 밉지도 화나지도 않았습니다
그저 본래 자리가 거기인 거처럼 자연스러웠습니다

그랬던 아이는 허락도 없이 들어오더니

천진난만한 표정으로 제 세상을 또 나갑니다.
문을 세게 쾅 닫고는
그저 다른 세상으로 가기만 합니다

그 아이가 머물던 자리에
자그마한 묘목 하나가 자라났지만
더 이상 햇빛도 물도 없는데
왜 자꾸만 커져가는 거는지 알지 못합니다

어느샌가 또 세상에 들어와 나무를 벱니다
해맑게 웃으며 베던 아이에게 한마디 건넵니다
"너가 심은 나무를 너가 다시 앗아간다 한들
내가 어찌 원망할 수 있을까"

조심히 가다오
행복해다오
나무 그루터기에 앉아
몇 년이고 그리워할 테니
몇백 년이고 기억할 테니
너도 네 세상에 큰 나무 하나 심기를

짝사랑

눈을 맞추다

미묘한 떨림과 긴장감. 볼 곳을 잃은 눈과 갈 길을 잃은 손. 이 감각은 직접 느껴보지 않으면 알 수 없다. 우연히 스쳐 지나간 눈길을 그녀는 아는지 모르는지 그저 지나갈 뿐, 한참 뒤에도 그의 손은 만지작거려졌다.

새 학기부터 그는 이미 수업에는 관심이 없었다. 그저 고등학생을 벗어난 해방감을 만끽하고자, 방학 간 진행한 아르바이트로 학교 근처에 집을 구하고, 그마저도 잘 들어가지 않으며 학교 주위를 맴돌며 방랑을 즐겼다.

처음 그녀를 마주한 날도 마찬가지였다. 그는 늘 그럴 듯 강의실 맨 뒷줄에 앉아 휴대폰으로 게임을 하고 있었고, 그날은 유난히 교수가 학생에게 질문을 많이 하던 날이었다.

"거기 뒤에 학생. 한번 말해볼래요?"

그 학생이 자신을 가리킨다는 사실을 직감적으로
알았다. 그는 슬쩍 휴대폰 화면을 끄고 정면의 스크린
으로 시선을 옮겼고, 수많은 법률적 지식들이 써진 문
장을 보았다.

"뭔진 잘 모르겠지만, 불법이지 않을까요?!"
"나오세요, 앞으로."

단호한 나이 많은 교수의 한마디, 그리고 학생들의
웃음 속에 머쓱해진 그는 자리에서 일어나서 앞으로
나갔다.

"자, 이 학생이 1억을 나에게서 빌렸다고 합시다. 그
러면 내가..."

그를 잡고 이어지는 교수의 설명, 그는 이미 설명은
뒷전이고 점점 부끄럽기 시작해졌다. 그러던 차에 가
장 앞에 앉아서 메모장에 무언가를 쓰던 한 여학생과
눈을 마주친다.

어?

무언가를 잘못 보기라도 한 듯 그는 돌아갔던 시선을 되돌린다. 정말 사소하지만, 그것이 시작이었다.

다음 수업에서 그는 출석을 부를 때 집중하여, 그녀가 손을 드는 순간을 놓치지 않았다. 그 이름을 듣자마자 조용히 되뇌었다. 그렇게 그녀는 그의 이름을 모르지만, 그는 그녀의 이름을 알게 되었다.

엘리베이터에서 마주치면 괜히 숨을 죽이고 휴대폰을 보는 척하며 그녀를 훔쳐보았다. 복도에서 마주치면 괜히 창밖의 나무 사이 허공으로 시선을 날린다.

'이렇게만 있을 순 없지.'

맨 앞자리에서 열심히 메모를 하던 그녀가 계속 생각난다. 공부를 잘하는 여자라니. 참으로 그와 거리가 멀다. 문득 고등학교 시절 친했던 한 친구가 떠오른다. 그 친구도 공부를 참 잘했지. 전화를 걸어본다.

"...그래서 공부를 잘하는 여자에게 관심받고 싶다?"
"바로 그거지."
"아이, 뭐라는 거야. 말이 안 되잖냐."

결국 도움 되는 말은 없었다. 전화를 끊고 습관으로 SNS 앱을 열어 스크롤을 이어가다, 한 그림 동아리의 홍보 글이 보였다. 일부로 뭉개 그린 그림과 삐뚤빼뚤한 글씨로 '부원 모집'이 적혀있었고, 홀린 듯 그 페이지에 들어가 보니 그의 눈에 익은 한 이름이 보였다.

"...부장이었어?"

동아리와 연결된 계정을 보니 그녀가 맞았다. 그는 한 치의 고민도 없이 동아리에 가입한다.

그녀는 그보다 나이가 많은 선배였다. OT가 끝나고 이어진 회식에 그는 자연스럽게 그녀의 옆에 앉았고, 시간이 흘러 사람이 빠지고 장소가 바뀌어도 그는 결국 그녀의 근처에 남아 있었다. 점점 말이 오가다 말이 편해지며, 달이 넘어감에 따라 둘이 한 테이블에서 술을 넘기는 시간이 왔다.

"그때 걔가 너였지??"
그는 웃음을 겨우 먹으며 고개를 끄덕였다.

“선배는 그때 맨 앞에 앉아 있었지?”
“맞아.”
“엄청 열심히 뭘 적던데.”
“아. 그거?”

그녀가 가방에서 노트를 꺼내어 보여준다. 여러 페이지가 자잘한 캐릭터 그림으로 가득했다.

“나도 뭐라 하는지 하나도 못 알아듣고 있었어서. 그냥 그림이나 그리고 있었지.”
“아 뭐야.”

그는 그동안 생각해 왔던 그녀의 이미지와 다른 그녀의 모습에 그저 웃음이 나왔다.

“너도 그림을 좋아할 줄은 몰랐네.”

그녀의 말에 그의 머릿속에 든 생각.
사실 그림이 좋은 게 아니라, 선배가 좋다고.
하지만 입으로는 다른 말이 나왔다.

"한번 배워보려고."
"좋지. 짠 이나 할까?"
"어? 어어...네! 아니 응."

'내 첫술은 내 미래의 연인과 할 거거든?'
문득 오랜 시간 전부터 마치 성인이 환상처럼 보일
때 자주 하던 말이 떠오른다. 이것이 지금인 걸까. 비
록 고급 레스토랑에 스테이크와 파스타와 함께 하는
와인이 아닌 고작 값싼 대학가 구석 술집에 소주지만.

"앞으로 잘 해보자고."

그녀에겐 인사였지만 그에겐 서사의 시작이었다.
손에 든 여백에 그녀의 연이 채워진다.

"좋아."

그는 그 속의 그녀와,
그녀는 그와 눈을 맞추었다.

-짠

백장미

너의 웃음에 백장미가 핀다

널 닮은 그것은 내 옆에서 평생 있겠지

그 꽃에 매일 물을 주며

너의 이름을 붙이겠지

넌 떠나겠지만

너의 가시는 내 마음을 찌르겠지만

백장미 한 송이만큼은 내 옆에 평생 있을 거야

내 옆에 두고두고 바라보며 사랑을 고백할게

물을 못 줄 상황이 된다면 나랑 같이 떠나자

자몽 튤립은 영원을 말했다

일단 이름이 너무 예뻐서, 처음부터 끌렸다. 네게 그 꽃을 주면 기뻐할까? 그 생각부터 들었고. 그래서 너에게 주고 싶은 꽃들 리스트를 만들기 시작했다.

"여기서 제일 많이 사는 꽃이 뭐에요?"
"튤립이에요."

장미, 안개꽃, 튤립... 여러가지 꽃들의 이름의 꽃집 주인들의 입에서 거론되었다.

그래서 꽃에 대한 나의 지식이 늘었다. 꽃말도 하나하나 찾아봤고, 네게 전하고 싶은 말들을 하려 밤을 새서 검색해봤다.

내가 할 수 있는 걸 다 해보고 싶어서 모든 걸 쏟아부었다. 너를 좋아하니까. 내 마음을 모두 주고 싶었어

서. 그래서 자몽 튤립 한 다발을 샀다.

"고마워."

그 말을 듣고 싶어서. 네 한마디라도 내겐 충분해서. 내 마음을 전부 네게 줬다. 또다시 영원을 빌었다.

사랑하는 사람이 생겨서. 이런 일은 하지 않기로 불과 일주일 전에 생각했으면서 또 영원을 믿었다. 영원한 건 없다는 걸 알고 불안해하면서도 영원을 사랑했다. 그래야만 그 사람을 온전히 사랑할 수 있을 것 같아서. 그 영원이 깨지지 않아야 했으니까. 그래서 난 또다시 영원을 빌었다.

그래서 나는 네게 또 다른 꽃을 쥐여줬다. 꽃보다 소중한 너에게 하루에 한 송이씩이라도 꽃을 사다줬다.

내 마음을 전부 네게 줄게.

너에게 닿을 수 있을까

짝사랑

네가 웃으면
이유 없이 기분이 좋아진다.

괜히 네가 있던 쪽을
한 번 더 보게 되고

평범한 하루가
특별하게 느껴진다.

매일 심장이 두근거려
어쩔 줄 모르는 내게 묻는다.

'마음을 표현해야 할까'
'아직은 기다려야 할까'

더는 숨길 곳 없는 떨림이

기다림보다 앞서가는 이 밤

내일은 망설임을 버리고
너에게 닿을 수 있을까.

상사

내가 제 발로 약속했던 날에 떠난 당신의 태가

난 무지하게 그리운데

당신도 당신의 태에서 날 떠나보내고 그리웠을까

날 다시 품고 싶다고 읊조렸을까

당신은 당신의 품에서 떠나 세상을 항해하는 날 어떻

게 여겼을까

내가 당신을 사랑하는 만큼

당신도 날 사랑했을까

한 인간이었던 그대는 내 전부였는데

당신에게 내가 전부가 아닐까 봐 두려워 묻지 못했고

당신에게 내가 전부일까 두려워 묻지 못했다

난 애타게 그대의 사랑을 갈구해

그 마음조차 묻지 못했다

그대가 그것에 질린다면
정말이지 난 할 수 있는 게 없을 테니까

세상 모든 조언을
당신에게 구했지만
당신에 대한 조언은
구할 수 없어서
어디에도 물을 수 없어서
난 머리를 쥐고 크게 앓았다

그 앓는 것조차 당신에게 숨긴 채
당신을 사랑하며 앓았다

짝사랑이 피던 봄

당신이라는 꽃을 피웠던 어느 봄날에

-사랑했던 당신에게-

 따뜻한 햇살이 내리쬐는 어느 봄날, 늘 지나가던 꽃집 앞에서 한 사람이 눈에 띄었습니다. 당신이었습니다. 마치 큐피드가 날아와 내 심장에 화살을 꽂은 듯 당신에게 빠진 것 같았습니다. 한눈에 반한다는 게 이런 감정일까요? 당신에게서 시선을 떼지 못한 채, 그 길을 항상 걸어 다녔습니다. 언젠가 마음을 전하고 싶었지만 제가 할 수 있었던 건 그저 바라보는 것뿐이었습니다. 그렇게 수많은 봄이 지났습니다. 이래선 내 솔직한 마음을 전할 수 없을 거 같아 내 마음을 비밀리에 전했습니다. 당신의 그녀를 알지 못한 채로요. 그 결과는 몹시 아팠습니다. 시렸습니다. 괴로웠습니다. 정말 따뜻한 봄이었지만 내겐 몹시 차가웠던 겨울이었습니다. 그럼에도 오직 당신만을 바라보았습니다. 억지로 내 계절에 봄을 끼워 넣었습니다. 내 마음을 아낌없이 쏟아부었습니다. 가끔은 당신과 어디에

놀러 가야 하는지, 나중에 인연이라는 실이 우리 사이에 꼬이게 되면 뭘 해야 하는지, 고민하며 시간을 보낸 적도 많았습니다. 그렇게 당신과 싹을 틔워가며 당신 몰래 꽃을 한 송이 피웠습니다. 그 꽃의 이름은 튤립, 봄이라는 계절과 어울리는 산뜻한 분홍색이었습니다. 시간이 날 때면 물을 주고, 꽃에 사랑을 속삭여 주었습니다. 시들시들해질 때면 눈물을 잔뜩 쏟았고, 꽃이 활짝 피어 보이는 날에는 웃음을 아끼지 않았습니다. 살짝 눈을 뗄 때면 흙이 쏟아지는 바람에 언제나 바라보아야만 했습니다. 그런 기쁨도 잠시, 주변에서 다른 싹들이 자라나기 시작했습니다. 그런 싹들을 최대한 멀리 떨어뜨려 놓았지만 돌아오는 건 더욱 가까이 다가온, 꽃봉오리를 맺어 돌아온 싹들이었습니다. 결국 그들을 잘라내야 했고 피해야 했습니다. 물을 더욱 열심히 주고 더욱 사랑을 아끼지 않았습니다. 절대 놓지 않았습니다. 오히려 그러면 그럴수록 꽃은 점점 더 시들어 갔습니다. 다른 꽃들과 있었을 때가 더 행복해 보였습니다. 인간에게도 한정된 수명이 있듯이, 나의 꽃에도 한정된 수명이 있었습니다. 그렇게 꽃은 썩어 들어갔습니다. 실은 꽃의 줄기는 그리 단단하지 않았을지도 모릅니다. 그렇게 내 짝사랑을 피웠던 봄은, 외사랑이라는 꽃샘추위를 느끼게 했습니다.
우리의 분홍색 튤립은 사실 노란빛이 났던 걸까요?
언젠가 다시 봄이 찾아오면, 그땐 꽃집 앞을 지나가지
않았으면 합니다. 정말 좋아했습니다, 나의 첫사랑.

  -이젠 새 꽃집을 차린 소녀가-

짝사랑해 줘

나는 짝사랑에 지쳤어.
누군가에게 사랑받고 싶은데
누군가를 사랑하면 나만 상처받아.

그러니 네가 나를 짝사랑해 줘.
그러면 내가 천천히 너에게 다가갈게.

짝사랑하는 감정은 참 잔인해.
이룰 듯 이루어지지 않는 사랑이
사람을 참 비참하게 만들고 후회로 차오르게 해.

그러니 네가 나를 짝사랑해 줘.
그러면 네가 비참해지지 않게 후회 없게 할게.

짝사랑이라는 감정이 잔인하고 상처받지 않는 존재로
조금씩 바꿔 갈 수 있을까?

나는 네가 나를 짝사랑해 줬으면 좋겠어.

누군가가 나를 이렇게 좋아해 준다는 기분이 이런 거

구나 느끼면서

더 잘해주고 싶게, 더 다정하게 너를 대하고 싶어.

그러니 네가 나를 짝사랑해 줘.

그렇게 이 순간이 아무 일도 없었던 것처럼, 함께 연

극을 시작해 줘.

연극의 끝은 해피엔딩이 아닌 진실된 엔딩이 될 수

있도록.

전염

그저 눈이 녹고
그저 날이 따듯해지고
그저 꽃이 피어버린 거뿐인데

뭐가 그리 좋다고
우리까지 봄이 된 것마냥 구는가
봄의 분홍빛은 전염성이 높은가

봄의 기운은
바람을
나의 마음을
너의 마음을 두둥실

우리 모두는 분홍빛으로 피어나고
나는 봄의 어여쁨에 갈피를 끼우고
또 다른 누군가에게 봄을 전염시켜

세상을 물들인다

너에게 보내는 편지

밤하늘에 별이 쏟아질 때마다
내 마음도 그 발밑에 반짝인다.
그러나 전하지 못한 말들은
조용히 어둠 속으로 숨어버린다.

너의 웃음은 나에게
한 줄기 빛처럼 다가왔지만,
내 고백은 바람에 흩어져
아직도 너의 귓가에 닿지 못한다.

멀리서 너를 바라보는 시간은
달마다 쌓여가고,
내 마음 한 켠은
조용히 무너지기도 한다.

가끔은 너와 함께 웃던 순간들이
환한 꿈처럼 머무르지만,

너에게 닿으려는 나의 소망은
여전히 먼 곳에 머물러 있다.

언젠가 이 편지가
너에게 닿을 수 있다면,
수줍은 마음을 가득 담아
내 사랑을 전하고 싶다.

부디 알아주길,
내가 조용히 기도하는 그 하루가
너와 나 모두에게
포근한 봄날처럼 다가오기를.

이른 과수원

얽매인 줄기가 너른 판을 누비며
흔들리는 잎사귀는
내 수고를 한입 베어 문 과실들로

푸른빛을 연하게
빨갛게 달아오른 볼을 바라본 네 손에는
역시나 금 같은 아침의 과실

예쁘게 웃는 얼굴에 가득한 네 혈들이
창백하게 비추어 보이는
속살의 물컹한 과실

사이다 한 모금 저려져
작은 알갱이가 단물을 갉아 먹고
선선함이 발걸음으로 떠다니는
하얀 과실

넌 네 과실을 따오겠지
상큼하고 달달하며 쌉쓸해도 좋아
넌 네 과실에서 네 이름을 따오겠지

넌 네 과실에 어울리는 향을 붙일 거야
덧바른 향들로 과실 과실 과실
그 향에 또 한 번 명칭을 덧붙일 거야

포레스트 웨일 공동 작가

짝사랑이 피던 봄

초판 1쇄 인쇄 2026년 03월 12일
초판 1쇄 발행 2026년 03월 12일

지은이　　김유신 | 남가연 | 꿈꾸는 쟁이 | 기유 | soo.says | 뽀송드림 | 김유진
　　　　　인영 | 이보하 | 김희영 | 류광현 | 이언(利言) | 최정미 | 담 | 김혜지
　　　　　동해안참치 | 이은지 | 하월(夏月) | 홍백 | 최윤형
　　　　　오로시월(Oroxiweol) | 이연화 | 김수정 | 새벽 | 정지민 | 세아
　　　　　민(MIN) | 강대진 | 유성훈 | 박성희 | 정옥순 | 최이서
　　　　　몽월 박창수 | 영지현 | 최혜련 | 달유하 | 숨이톡
　　　　　중딩시인 (@po_e.mt) | 안세진 | 조서윤 | 예빈 | 서하 | 고태호
　　　　　이신 | 조현민 | 오도윤 | 너란별 | 김도현 | 도하라 | 남화정
　　　　　주변인 | 정재원 | 권미자 | 하형정 | 유재은 | 이주원 | 히싱
　　　　　불족발 | 세인 | 키위 | 김대진 | 이다솔 | 또끼 | 담별 | 재화 | H☆
　　　　　쪼이 | 아낌 | 이끼 | 권우석 | 예니 | 슬(瑟) | 율무차
　　　　　글 쓰는 막대과자 | 이연정 | 김필강 | ミツヨシ | 최지선 | 채은
　　　　　필 | 시야 | 수수정 | 문정빈 | 주야 | 최재훈 | 백동안 | 서지우
　　　　　글쓰는 몽상가 LEE | 손아정 | 동냥 | 이예린 | 김태희

디자인　　포레스트 웨일
펴낸이　　포레스트 웨일
펴낸곳　　포레스트 웨일
출판등록　제2021 - 0000 14 호
주소　　　충청남도 아산시 탕정면 용머리길 40 유니콘101 216호
전자우편　forestwhalepublish@naver.com

종이책　　979-11-7635-001-3
전자책　　979-11-7635-000-6

ⓒ 포레스트 웨일 | 2026

작가님들과 함께 성장하는 출판사
포레스트 웨일입니다.
작가님들의 소중한 원고를 받고 있습니다.
forestwhalepublish@naver.com